박물관 관장 집사와 여섯 고양이들의 묘생냥담

박물관의 고양이

观复猫：博物馆的猫馆长

만든 사람들

출품 : 觀復博物館 GUANFU MUSEUM
총괄기획 : 한쿤, 장원, 리쉬안
중국어 제명 : 마웨이두
칠언율시 : 허위원
고양이 별자리 : 추이쉐
이미지 디자인 : 장샤오창
사진 촬영 : 후쥔제, 차이샤오촨, 무취안, 추이쉐닝, 허위원, 두후이옌, 류창, 런젠난, 쑹춘, 왕란, 위자인

마웨이두 지음
임지영 옮김

박물관의 고양이

박물관 관장 집사와 여섯 고양이들의 묘생냥담

위즈덤하우스

일러두기

- 중국 인명과 지명은 한자음으로 표기하되, 현대 인물과 지명, 고양이 이름은 국립국어원 외래어 표기법에 따라
  발음 나는 대로 표기하였다.
- 본문의 주석은 옮긴이 주이며 *로 표시했다.

집고양이의 기원

고고학자들은 인류와 고양이의 친밀한 관계의 역사가
고대 이집트에서 시작되었다고 말한다. 이집트의
옛 유적에서 발굴된 고양이 형상의 신상 神像들은
이러한 학자들의 견해에 상당한 무게를 실어주었다.
고대 이집트는 나일강 주변의 비옥한 토지를
기반으로 발달한 농경사회로 대규모 곡물 저장고를
만들어 관리했다. 이집트인들에게 고양이는 쥐의
습격으로부터 곡물을 지키기 위해 꼭 필요한
존재였을 것이다. 그렇게 오늘날 전 세계에 불고
있는 애완 고양이 열풍이 고대 이집트에서부터
시작되었다는 것이 오랜 시간 정설로 받아들여졌다.

고양이 형상의 바스테트 청동상,
이집트 후기 왕조 시대(기원전 600년경), 영국 대영박물관.

고양이 형상의 화장품함, 이집트 중왕국 시대
제12왕조(기원전 1990년경), 미국 메트로폴리탄 미술관.

그런데 2004년 사이프러스 섬에서 인류의 유골 옆에 나란히 누워 있는 고양이의 유해가 발견되면서 이러한 추론의 전면적인 수정이 불가피해졌다. 고양이와 인류의 친밀한 관계의 역사가 고대 이집트 시대가 아닌 신석기 시대로 거슬러 올라가게 된 것이다. 신석기 고분 터에서 함께 발견된 인간과 고양이의 유골은 결코 우연에 의한 것이 아니었다. 이는 인류가 이미 1만 년 전부터 고양이를 가축으로 길들이기 시작했다는 증거이며 초기 인류의 생활상과도 부합하는 자연스러운 발굴 결과였다.

태고의 원시 인류는 수렵과 채취를 통해 종족을 유지하고 번성시켰다. 인류가 최초로 가축화를 시도한 동물로 개를 첫손에 꼽는데, 개가 수렵 생활의 동반자로서 인류와 오랜 역사를 함께해왔음은 분명한 사실이다. 학자들은 인류가 개와 함께한 역사를 대략 1만 6000년 정도로 추정하고 있다. 고양이의 경우는 1만 년 정도로 알려져 있으며 소의 가축화는 훨씬 후대에 와서야 이루어졌다. 인류는 소를 가축화함으로써 비로소 고된 육체노동에서 해방되었으며, 중요한 식량 자원 또한 확보할 수 있게 되었다. 소를 가축화한 역사는 6000년으로 개나 고양이에 비하면 그 역사가 짧다. 그 후 인류는 말을 가축화하는 데 성공했는데, 말은 전쟁 시에는 전투 수단으로, 평화 시에는 부족한 노동력을 보조하는 수단으로 활용되었다. 말을 가축화한 역사는 약 4000년 정도로 추정된다. 그 밖에 돼지, 양, 닭, 오리 등의 가금류가 인류의 생활권에 흡수된 배경은 앞서의 네 동물과는 좀 다른데, 돼지나 가금류의 가축화는 오로지 식량 자원의 관점에서 이루어졌다.

네바문Nebamun의 무덤 벽화 '늪지의 새 사냥',
이집트 신왕국 시대 제18왕조(기원전 1350년경), 대영박물관.

인류가 고양이를 애완동물로서 재조명하게 된 것은 언제부터일까. 이집트 고분에서 발견된 고대 유물을 보면 고양이와 관련된 다양한 기록들을 찾아볼 수 있다. 우선 이집트 신화에서 고양이를 풍작과 건강을 상징하는 여신 바스테트의 화신으로 숭배해왔다는 사실에 주목할 필요가 있다. 바스테트 여신의 최초 형상으로 알려진 청동 조각상은 여성의 몸에 고양이 얼굴을 하고 있으며 현재 세계 유수의 박물관에 소장되어 있다.

고대 이집트에서 고양이는 이집트인들과 생활 속에서 밀접한 관계를 형성했으며 서서히 반려동물로서 격상되었다. 고양이 형상의 신상들이 이집트 고분 벽화에 자주 등장하는 것만 보아도 고양이와 이집트인들의 친밀성을 쉬이 짐작할 수 있다. 당시에는 집에서 기르던 고양이가 죽으면 미라로 만드는 풍습이 있었는데, 심지어는 쥐와 깃털로 만든 장난감을 고양이와 함께 순장하기도 했다. 이집트의 한 고분 발굴 터에서 발견된 고양이 미라는 그 수가 무려 30만 구에 달했다.

바스테트 청동상, 이집트 후기 왕조 혹은
프톨레마이오스 왕조 시대로 추정
(기원전 664년~기원전 30년경), 대영박물관.

세 마리 고양이와 쥐, 할리Harley 동물 우화집, 13세기, 대영도서관.

—

쥐는 성체를 훔쳐 먹고 고양이는 그 쥐를 잡는다는 내용의 중세 필사본.

성 도미니코 앞에 나타난 악마, 《역사의 거울Le Miroir Historical》 폴리오 313,
15세기, 영국 로열 컬렉션.

—

악마가 도주할 때는 검은 고양이로 변신한다는 내용의 중세 필사본.

중세 유럽의 고양이 수난사

그러나 고양이의 운명은 가혹했다. 거의 천 년에 이르는 중세 유럽의 암흑기 동안 고양이의 불운은 극에 달했다. 사랑스럽고 우아하고 매혹적인 고양이들은 어느 날 갑자기 악마와 한통속으로 취급당해 끝없는 박해의 길을 걸어야 했다. 특히 검은 고양이는 악마가 변신한 요물이라는 터무니없는 속설 때문에 잔인한 대학살의 표적이 되었다. 그중 배 안쪽에 흰털이 한 움큼 나 있는 검은 고양이만이 그것이 '천사의 날인'으로 간주되어 저주를 피해갈 수 있었다.

13세기경, 유럽의 기독교는 고양이가 마법과 불가분의 관계에 있음을 대외적으로 천명했다. 그 결과 14~15세기 동안 고양이에 대한 대대적인 탄압이 더욱 기승을 부리게 되었는데, 마구잡이로 고양이를 죽인 사람들은 참혹한 결과를 맞이해야 했다. 생태계의 극심한 불균형을 초래한 인류를 향한 자연의 대반격이 시작된 것이다.

당시 유럽에 창궐한 페스트는 유럽 전체 인구의 3분의 1을 감소시켰다. 유럽인들은 쥐의 개체수가 급격히 불어나는 이상 현상과 가공할 만한 전염성 질환의 역학 관계를 과학적으로 밝혀내지 못했다. 자신들의 근거 없는 고양이 대학살이 불러온 엄청난 결과를 인지조차 못했던 것이다. 심지어 영국 런던의 시장은 고양이가 불운을 불러들인다고 하여 어리석게도 전 런던 시내에 고양이 교살령을 내리기도 했다. 이러한 상황에도 불구하고 농민들은 위험을 무릅쓰고 가정 내에서 몰래 고양이를 키웠다. 그렇게 기하급수적으로 늘어나는 쥐로부터 안전거리를 유지했던 소수의 농민들만이 페스트의 공포와 쥐가 옮기는 전염성 질환에서 벗어날 수 있었다.

1871년 영국에서 개최된 고양이 박람회를 소개하는 신문 삽화.

1895년 미국이 주관한 고양이 박람회에서 우승을 차지한 고양이.

고양이의 명예는 르네상스 시대 이후 서서히 회복되었고 애완동물로서의 위상은 지속적으로 상승하기 시작했다. 1598년 영국 맨체스터에서 열린 제1회 고양이 박람회는 중세 유럽의 암흑기가 비로소 막을 내렸음을 알리는 신호였다. 그 후 400년이 지나는 동안 유럽 전역에서 고양이의 인기는 하늘 높은 줄 모르고 치솟았다.

1871년 7월 13일, 영국 런던의 수정궁에서 세계 최초로 고양이 세계 박람회가 개최되었다. 명실상부한 고양이 반려동물의 시대가 열린 셈이다. 당시 박람회에는 장모종과 단모종을 비롯한 여러 품종을 대표하는 고양이 160여 마리가 선을 보였다. 사람들은 이 지구상에는 팔색조를 능가하는 다양한 매력을 지닌 각양각색의 고양이가 존재하며 그들과 더불어 이 세상을 살아가야 한다는 사실에 주목하게 되었다.

시대가 바뀌면서 최신 유행에 민감하고 다채로운 여가 생활을 추구하는 미국인들까지 고양이 애호인 대열에 합류했다. 1895년, 뉴욕 메트로폴리탄 오페라 하우스에서 열린 고양이 박람회 이후 영국과 미국 각지에서 고양이 애호 연합회가 속속 출범했으며 이들은 오늘날 백 년의 역사를 자랑하고 있다.

〈동일영희도〉, 소한신, 송대, 대만 고궁박물관.

중국인과 고양이

중국인이 고양이를 기르게 된 역사는 그리 오래 거슬러 오르지 않는다. 특히 개를 기르기 시작한 역사와 비교하면 상대적으로 짧은 편이다. 상주商周 시대에는 주인이 죽으면 기르던 개를 함께 순장하는 풍습이 있었는데, 그래서 주인의 관 바로 옆에 놓인 개의 유골이 종종 발견되기도 한다. 이러한 사실만 놓고 봤을 때, 개는 고대 중국인의 삶에 매우 친근한 존재였음을 알 수 있다. 한대漢代의 고분 터에서 출토된 유물 중에는 개의 형상을 묘사한 도자기도 다수 발견되었다. 반면에 고양이 형상으로 추정되는 유물은 좀처럼 찾기가 어렵다.

출토된 유물을 토대로 추정했을 때, 중국인과 고양이가 함께 살기 시작한 것은 대략 기원전 4세기경부터라고 볼 수 있다. 고양이는 이집트에서 출발해 지중해, 유럽 대륙을 거쳐 아시아로 퍼져나간 것으로 추정된다. 남북조시대南北朝時代는 중국 최초로 고양이에 대한 기록이 등장한 시기로 서아시아에서 유입된 고양이가 당대唐代에 와서 민간에 퍼지기 시작했다는 설이 가장 유력하다.

중국 역대 문학작품에서도 고양이와 중국인의 친밀한 관계를 다룬 작품을 찾아보기란 쉽지 않다. 당대의 종합백과전서라 불리는 당시唐詩만 보아도 그렇다. 중국의 3대 시인인 이백, 두보, 백거이의 시에는 개를 묘사한 시구들이 자주 등장한다. 초당初唐의 낙빈왕駱賓王, 만당晚唐의 이상은李商隱 역시 개를 작품 소재로 삼는 데 주저함이 없었다. 하지만 당시 가운데 고양이를 묘사한 작품은 눈을 씻고 찾아봐도 찾기 어렵다. 사실 개보다는 고양이의 기묘한 습성이 시적 소재로서 훨씬 매력적임에도 불구하고 고양이에 관한 시는 손에 꼽을 정도다. 당대의 또 다른 시인인 원진元稹의 경우, 〈강변사십운江邊四十韻〉이라는 작품에서 "연못의 물고기는 수달을 유혹하고, 빈 창고의 쥐들은 고양이와 다투고 있네停潦漁招獺, 空倉鼠敵猫"라며 고양이를 살짝 언급한 정도로 그쳤다. 그 밖에는 승려이자 문인이었던 한산寒山과 습득拾得이 고양이를 등장시켜 시대를 풍자한 것이 고작이다. 한산은 "준마에게 쥐를 잡게 하니, 절름발이 고양이만 못하구나驊騮將捕鼠, 不及跛猫兒"라는 간결한 시구를 첨가했고 습득은 "그대가 쥐를 잡는 법을 터득한다면, 흰 고양이가 다섯 마리나 필요하지 않다네若解捉老鼠, 不在五白猫"라며 혼탁한 세태를 일갈했다.

〈리노청연도〉, 송대, 일본 오사카 시립미술관.

불가에 귀의한 승려의 신분으로 고양이를 소재로 이토록 거침없는 비유를 뽑아냈다는 사실에 새삼 감탄하게 된다. 하지만 총 5만 여 수에 달하는 당시에서 고양이를 구체적으로 다루고 있는 작품이 극소수라는 사실에는 변함이 없다. 당시에서 개를 소재로 삼은 작품이 흔한 것과 비교한다면 당대의 보편적인 풍습상 고양이를 키우는 일은 매우 이례적인 경우에 속했음을 짐작할 수 있다.

그러나 송원宋元 이후, 고양이를 문학작품의 구체적인 소재로 삼아 언급하는 문인의 수가 크게 증가했다. 송대宋代 시인 진관秦觀은 "고양이가 장난치며 바람을 일으키니 꽃 그림자가 지네 雪猫戲扑風花影"라며 사람들의 공감을 호소했다. 원대元代에는 "출가하여 승려가 되었다고 말하지 말라, 고양이가 생선 비린내를 마다하랴莫道出家便受戒, 那個猫兒不吃腥"라는 장국빈張國賓의 시 한

구절이 널리 회자되기도 했다. 명나라 초기에는 당공唐琪이라는 문인이 본격적으로
〈고양이猫〉라는 제목의 시를 지어 고양이의 특성을 구체적으로 묘사했다.

살쾡이들 먹이 사냥이 놀음이라더니,
한입에 매미 한 마리 꿀꺽 삼켜버렸네.
모란꽃 가지 아래에서 따스한 봄날의 낮잠에 취해 있네.
박하 향이 짙어오니 비로소 새벽이 왔음을 알아차리는구나.
고양이가 손바닥에 침을 묻혀 세수를 하니,
아이는 창 아래서 고양이를 부르네.
아침마다 냇가의 물고기를 사온다고 아까울까,
간밤, 서재의 평화를 얻을 수 있다면 어찌 마다하랴.

覓得狸兒太有情, 烏蟬一點抱脣生.
牡丹架暖眠春晝, 薄荷香濃醉曉晴.
分唾掌中頻洗面, 引兒窓下自呼名.
溪魚不惜朝朝買, 贏得書齋夜太平.

시적 정취나 주제상으로 비록 평범한 작품이겠으나 고양이가 한낱 쥐를 잡는 가축이 아닌
사랑스럽고 친근한 애완동물로 간주되고 있음이 여실히 드러나 있는 대목이다.

고양이의 달라진 위상은 중국 풍속도에서도 짐작할 수 있다. 화가 소한신蘇漢臣의 작품인
〈부귀화리도富貴花狸圖〉와 〈동일영희도冬日嬰戲圖〉는 현재 대만 고궁박물관에 소장되어 있는데
고양이가 등장한다는 점에서 이채롭다. 일본 오사카 시립미술관에 소장된 〈리노청연도狸奴蜻蜓圖〉
역시 고양이를 소재로 삼은 풍속도이다. 송대의 풍속도를 통해 고양이는 이미 야성이 사라진
애완동물로서 존재하고 있음을 알 수 있다. 남송의 오자목吳自牧은《몽양록夢粱錄》의 일문에
"고양이는 도성都城 사람들의 가축으로 주로 쥐를 잡는다. 털이 길고 황갈색을 띤 사자 고양이는
쥐는 잡지 못하나 미관상 빼어난 특징이 있다"는 기록을 첨가했다. 남송의 문인 주밀周密은
《무림구사武林舊事》를 통해 임안臨安 시내의 예술인들이 운영하는 잡화점에서는 "고양이 집,
고양이용 물고기, 고양이"를 팔았다고 적고 있다. 이러한 기록을 토대로 당시 남송 사람들이

〈부귀화리도〉, 소한신, 송대, 대만 고궁박물관.

오늘날 현대인들과 거의 흡사한 수준의 문화생활을 누렸다는 사실은 물론, 여유와 풍류를 즐겼던 남송 시대의 보편적 생활상 또한 유추해볼 수 있다. "따스한 훈풍이 불어와 나그네를 취하게 하니, 항주를 변주(북송의 도읍인 개봉)로 착각하지는 않을까?"라는 시구가 결코 과장이 아니었음을 알 수 있다.

원·명·청 이후, 특히 명·청 시기에 이르러 고양이를 애완동물로 기르는 풍습이 대성행했다. 문학작품 속에서도 고양이가 등장하는 빈도수가 점차 높아졌다. 소설《금병매金瓶梅》는 황색 털에 검은 꼬리를 가진 고양이 설雪의 이미지를 적극 활용했으며 흑묘와 백묘의 에피소드를 대입하기도 했다. 물론 고양이의 역할은 관가官哥를 놀라게 하거나 반금련과 서문경 사이를 훼방 놓는 악역에 머물렀으나 고양이라는 애완동물의 등장 자체만으로 주목할 필요가 있다. 소설《홍루몽紅樓夢》의 등장인물인 왕희봉 역시 고양이를 길렀다. 가모賈母는 연회를 열어 류 할머니에게 음식을 나누어 주었는데 계집종 원앙이 평아에게 음식 두 접시를 가져다주자 왕王은 "네가 기르는 고양이에게도 먹이지 그러냐"며 평아를 조롱한다. 그리고 "사람들은 쥐를 잡기 위해 고양이를 기른다는데 우리집 고양이는 닭을 물어뜯는다지"라고 비꼬기도 한다. 여기에는 고양이를 빌려 평아에 대한 직접적인 감정을 에둘러 전달하려는 완곡한 의미가 담겨 있는데 첫째, 우이저를 돕지 말라는 경고이자 둘째, 주인과 종으로서의 충직한 관계를 유지할 것을 당부하기 위함이다.

중국의 아동문학가 빙신과 고양이.

중국 만화의 개척자이자 문학가인 펑즈카이와 고양이.

펑즈카이가 그린 고양이 만화

문화의 파괴자들.

즐거운 춘철 주인은 희희낙락, 생선 한 마리 고양이에게
준다네. 풍년이라 쌀독이 넘치니, 쥐를 잘 잡은 공이 어찌
크지 않은가!

민국시대(1912~1949)에 와서는 중국을 대표하는 문인들이 앞다투어 고양이를 문학 소재로 다룬 작품들을 발표했다. 라오서老舍, 량스추梁實秋, 정전둬鄭振鐸, 샤몐준夏丏尊, 빙신冰心, 펑즈카이豊子愷 등은 자신이 애지중지 키우는 고양이에 관한 글을 발표하여 대중과 친근한 공감대를 이루었다.

중국인은 어떤 격식에도 얽매이지 않고 고양이를 본성대로 자유롭게 길렀다. 농촌과 도시 구분할 것 없이 고양이는 자유로운 신령 같은 존재로 사랑받았다. 나의 어린 시절을 돌이켜보면 대도시 베이징에서도 역시 고양이를 기르는 가정이 많았다. 고양이들은 사람이 먹는 것은 무엇이든 가리지 않고 먹었고 문밖출입 역시 자유로웠다. 고양이를 기르는 가정은 고양이가 드나들 수 있도록 늦은 밤에도 대문을 잠그는 법이 없었다. 가끔 고양이가 집을 나가 며칠씩 돌아오지 않았지만 별반 개의치 않는 반응이 일반적이었다. 애완 고양이를 아이 다루듯 금지옥엽으로 받드는 요즘 애묘인들과는 전혀 다른 방식이었다. 어찌 보면 길고양이와 집고양이의 장단점을 반반씩 섞은 듯했다. 베이징의 구불구불한 골목길마다 끝없이 이어진 담장과 담장 사이를 날개 달린 듯 비약하던 고양이의 생동감 넘치는 모습은 내 유년의 기억 속에 가장 생생한 추억으로 남아 있다.

화페이페이 ＋ 헤이파오파오 ＋ 황창창
란마오마오 ＋ 마티아오티아오 ＋ 윈뚜어뚜어

관푸 박물관의 고양이 관장들

내가 처음부터 박물관에서 고양이를 기를 생각을 했던 것은 아니다. 박물관 설립 이후 최초의 고양이 관장이 된 화페이페이花肥肥 역시 친구네 집 근처를 배회하던 길고양이었다. 친구의 말을 빌리자면 "잡털이라고는 한 올도 섞이지 않은 새까만 고양이" 한 마리가 며칠째 자신의 집 앞을 어슬렁거리는데 혹시 데려다 키울 생각이 있는지 물어왔다. 나는 그 자리에서 곧바로 수락한 후 고양이를 데리러 기사를 보냈다. "잡털이라고는 한 올도 섞이지 않은 새까만 고양이"인 줄로만 알았으나 실은 몸집이 제법 크고 통통한 고등어 태비였음을 그제야 알게 되었다. 얼룩무늬에 포동포동 살이 오른 고양이에게 나는 화페이페이라는 이름을 지어주었다. 녀석은 처음 박물관에 왔을 때부터 이미 발육이 완전히 끝난 성묘로 적어도 만 두 살은 족히 넘어 보였다. 올해로 박물관 관장이 된 지 어느덧 13년이 흘렀으니 어림잡아 열다섯 살이 넘은 셈이다. 화페이페이는 관푸 박물관에 현존하는 고양이 관장 가운데 최고령에 속한다.

헤이파오파오黑包包는 관푸의 전설적인 고양이다. 제 발로 박물관 입구까지 직접 찾아온 녀석은 밥을 줄 때까지 문 앞에서 기다리곤 했다. 깡마른 몸매에 다리에는 상처까지 있었지만 박물관에서 지내게 된 후로는 점차 건장한 체구로 변했다. 유독 까맣던 털은 더욱 새까매지더니 시간이 지나면서 대장군의 위엄마저 풍겼다. 잡털 한 올 섞이지 않은, 온통 까만 털로 뒤덮인 고양이다 보니 때론 고집스럽고 사나운 인상을 풍기기도 했지만 실제로는 온유하고 선량한 성품을 지녔다. 형형히 빛나는 헤이파오파오의 황금빛 눈동자를 볼 때면 일종의 결연함마저 서려 있음을 느낀다. 말하자면 내유외강형으로 차갑고 강직해 보이는 외모와는 달리 누구와도 쉽게 소통했다. 헤이파오와 함께 찍은 사진이 한때 문예잡지의 표지로 선택될 만큼 나와 그는 한 몸처럼 지냈다. 그러나 기구한 운명은 헤이파오를 우리 곁에서 너무 빨리 데리고 가버렸다. 헤이파오를 떠올리면 여전히 애통한 마음을 금할 수가 없다.

황금색 꼬리가 일품인 황창창黃槍槍은 우리집 인근 풀숲에서 발견된 길고양이었다. 언제인지는 모르나 이름 모를 떠돌이 고양이가 여러 마리의 새끼를 출산했는데 하나같이 예뻤다. 어미 고양이는 매일 새끼 고양이들을 데리고 유유자적 뜰 주위를 산책하곤 했다. 며칠 간격으로 이들을 지켜보던 나는 새끼들의 숫자가 하나둘씩 줄어들고 있다는 사실을 발견했다. 그리고 결국 홀로 남겨진 새끼 고양이의 애처로운 울음소리에 마음이 흔들려 박물관에서 키우기로 결심했다. 그날의 기억이 이처럼 새록새록 선명하게 떠오르는데 황창창이 관푸 박물관의 관장이 된 지 벌써 10년이 넘었다니 감회가 새로울 뿐이다.

란마오마오藍毛毛의 입양에도 역시 재미있는 에피소드가 있다. 어느 날 친구로부터 전화가 걸려왔는데 치즈 고양이를 한번 키워보면 어떻겠냐고 넌지시 의사를 물어왔다. 어릴 때부터 최고의 고양이는 치즈 고양이라고 생각해왔던 나는 이번에도 흔쾌히 수락하고 말았다. 다른 것도 아니고 치즈 태비라는데 무엇을 더 망설이겠는가? 하지만 나의 기대는 란마오마오를 품에 안은 후 여지없이 무너져버렸다. 치즈 태비라는 친구의 말과 달리 막상 남회색이 도는 잿빛 고양이를 보고 있으려니 웃어야 할지 울어야 할지 도대체 난감하기 이를 데가 없었다. 혹시 친구가 실수로 다른 고양이를 잘못 보낸 것은 아닌지 재차 물었으나 친구의 대답은 단호했다. 이쯤 되면 그가 색맹이 아닌지 의심하는 수밖에 별다른 도리가 없었다. 우여곡절 끝에 관푸 박물관의 관장이 된 마오마오는 사람들 앞에 나서면 여전히 낯을 가리고 수줍음을 탄다. 관푸의 고양이 중에서 가장 겁이 많기로 유명한 마오마오는 주로 실내 업무에만 전념하고 있다.

마티아오티아오麻條條의 경우는 박물관에 오기 전에 이미 자기 이름을 가지고 있던 유일한 고양이였다. 다만 기존의 고양이 관장들의 작명 계보와 맞지 않았기에 부득이하게 새 이름을 지어줄 수밖에 없었다. 세월이 흘러 지금은 원래 그의 이름이 무엇인지 기억조차 가물가물하다. 마티아오티아오는 천방지축 장난꾸러기로 유난히 겁이 없는 고양이라 매사에 대담한 행동을 보였다. 전해 듣기로 그를 데리고 있던 집사가 출산 예정일이 임박해오자 눈물을 머금고 녀석을 떠나보냈다고 한다. 마티아오티아오가 박물관에 처음 왔을 때는 앙상한 나뭇가지처럼 삐쩍 마른 몸이 말라깽이나 다름없었다. 그래서 나는 그의 성姓을 마麻, 이름은 티아오티아오라고 붙여주었다. 그 후로 녀석은 하루가 다르게 살집이 붙었다. 박물관의 직원은 물론이고 다른 고양이나 방문객들과도 스스럼없이 잘 지냈다. 결국 겉으로 보이는 외모는 물론이고 점차 진정한 박물관 관장으로서의 기질과 풍모를 갖추게 되었다. 다정다감한 성품에 남다른 친화력 덕분인지 그를 낯선 환경에 보내놓고 늘 마음을 졸이던 원래 집사도 내심 안심하는 눈치였다. 마티아오티아오야말로 어느 무리에 있건 무엇을 하건 항상 눈에 띌 수밖에 없는 사랑스러운 고양이다.

윈뚜어뚜어云朵朵를 사람으로 비유하자면 대갓집 규수라고 소개할 수 있을 것이다. 집사로부터 분에 넘치는 사랑을 받으며 금지옥엽 자랐던 뚜어뚜어는 어찌어찌 원래 주인의 곁을 떠나 박물관으로 시집을 오게 된 셈인데, 출중한 미색 탓인지 보는 사람마다 감탄해 마지않았다. 윈뚜어뚜어는 주로 사무실에 드나드는 사람들을 졸졸 따라다니며 알은 체를 하다가도 피곤하다 싶으면 높은 곳에 뛰어올라 눈을 내리깔고 아래를 내려다보곤 한다. 박물관 관장 가운데 가장 어린 신참인 윈뚜어뚜어는 사무실 주임을 겸직하고 있다. 아직도 신체 발육이 진행 중인 청년기 고양이라 그런지 꿈꾸는 사춘기 소녀와 같은 눈빛으로 앞으로 다가올 아스라한 미래를 상상하는 것을 즐긴다.

관푸 고양이들은 이처럼 하나의 대가족을 이루며 살아간다. 이들은 각자 다른 사연을 안고 우연한 기회에 관푸의 고양이 관장이 되었다. 비록 말 못하는 짐승이지만 고양이 세계에도 인간사와 다를 바 없는 희로애락의 감정이 존재하고 우정과 오해, 사랑과 반목이 교차한다. 박물관 직원들과 고양이 관장들 사이에는 눈에 보이지 않지만 암묵적인 노사 규약이 존재한다. 박물관을 찾는 방문객들과 고양이 관장들 사이에도 손님과 주인으로서의 예의가 따른다. 인간이 사는 세계와 고양이의 세계, 이 두 세계에는 각자 생명체로서의 존엄과 자유가 엄연히 존재하고 있다. 과거 그들을 알기 전, 나는 한 번도 이런 생각을 해본 적이 없었다. 인간과 고양이는 서로 다른 존재인가? 다르다면 대체 무엇이 다르고 같다면 대체 무엇이 같을까? 이 질문 앞에서 우리는 과연 어떤 대답을 해야 할까?

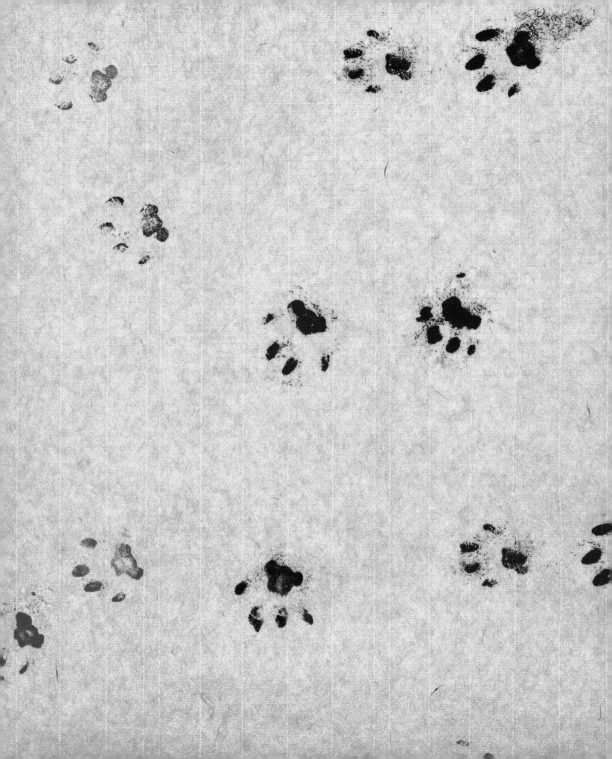

목차

팔기군[*] 마스코트

정황기正黃旗 : 명 만력 29년(1601년)에 창설된 팔기군의 하나. 황색을 깃발의 상징색으로 삼아 정황기라 불렸다. 정황기는 양황기, 정백기와 함께 상삼기上三旗에 속했는데 황제의 직속 부대로 활약했다. 황실의 경호를 책임지는 친위 병사 역시 상삼기 가운데서 선발했다. 정황기를 대표하는 인물로는 청의 4대 황제인 강희제의 측근이자 6대 황제 건륭제의 일등 친위병이었던 납란성덕納蘭性德 등이 있다.

주토 병기 : 추錘. 망치와 비슷하게 생긴 병기로 손잡이가 짧은 것과 긴 것, 쇠사슬이 장착된 것 등 다양한 형태가 있다. 금金에 항거한 남송의 명장, 악운岳云이 '사대장팔대추四大將八大錘'로 널리 이름을 알렸다.

* 팔기군은 청나라의 시조 누르하치가 만주족 사회를 군사적으로 재편하여 만든 군사·행정 조직으로 17세기 초에 설립되었다고 전해진다. 1601년 홍, 황, 남, 백, 네종류의 기를 설치하고 1615년 원래의 홍, 황, 남, 백색의 기치에 홍색 띠를 둘러 양홍, 양황, 양남, 양백의 네 개의 기를 더 설치했다. 이후 원래 있던 기는 정황正黃, 정백正白, 정남正藍, 정홍기正紅旗라고 하였다. 팔기군 중 상위 세 개의 깃발군(양황기, 정황기, 정백기)은 상삼기라 하여 황제의 직속부대이고, 나머지 다섯 개의 깃발군은 하오기下五旗라 하여 여러 제후들이 관할했다.

나는 어렸을 때부터 "사내아이는 고양이를, 여자아이는 개를 키우게 해서는
안 된다"라는 어른들의 이야기를 누누이 듣고 자랐다. 하지만 개와 고양이의 차이를
따질 것 없이 집에서 기를 수 있는 동물이라면 나로서는 굳이 마다할 이유가 없을 만큼
대환영이었다. 지식청년* 시절, 나는 살이 통통하게 오른 돼지를 두 마리나 길렀다.
다만 열악한 당시의 농촌 살림을 꾸려가기 위해서는 결국 도축장에 내다 팔 수밖에 없었다.
돼지를 몰고 도축장으로 향하던 날, 300근(약 180킬로그램)이 넘는 육중한 돼지가 갑자기
고향집을 향해 멱따는 소리를 내며 꽥꽥 울어댔다. 지금도 가끔 그 장면을 떠올리면 내심
돼지가 기특하다는 생각이 든다. 한낱 말 못하는 가축이지만 구정물이 섞인 여물통이라도
지식청년의 손으로 가져다주는 밥을 얻어먹던 시절이 제 딴에도 그리웠던 걸까.

그 시절 돼지 도축장은 돼지의 무게를 저울에 달아 당일의 시세를 정했는데
한 근당 3마오毛 8편分을 주었다. 덩치가 크고 살집이
좋은 돼지는 약 120여 위안元쯤에 거래되었다.
이때가 1974년도였으니 오늘날과 비교하면
격세지감을 느끼지 않을 수 없다.

....

* 문화혁명 시기, 마오쩌둥의 지시로 농촌으로 내려가 육체노동에 종사하며
  농민들로부터 재교육을 받았던 약 2000만 명가량의 청년들을 지칭하는 용어이다.

관푸 박물관의 최고 권력자이자 고양이 서열 1위인 화페이페이.

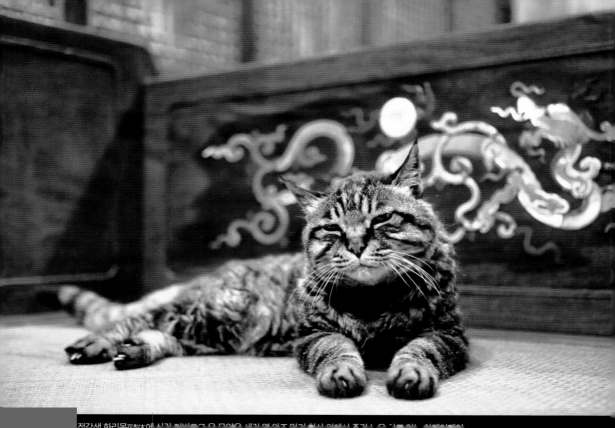

전각색 화리문花大에 심긴 빛으로 웃 모양을 새긴 명 앞조 밀린 청산 위에서 졸것수 음 하고 있는 화제이지매의

부릅뜬 눈의 화페이페이 | 곁눈질하는 화페이페이
가느다란 실눈의 화페이페이 | 뚫어질 듯 응시하는 화페이페이

앞서 나는 박물관에 입양된 순서대로 관푸의 고양이들을 소개한 바 있다. 하지만 각각의
고양이들이 이곳에 오게 된 사연은 저마다 다르다. 가장 먼저 소개할 고양이는 화페이페이다.
오른쪽은 오후 2시경, 화페이페이를 찍은 사진이다. 나른한 오후, 따사로운 햇살 아래 있으나
그리 탐탁해 보이는 표정은 아니다. 사소한 이야기일지 몰라도 나는 화페이페이의 표정에서
인간과 고양이의 다른 점을 찾아냈다. 인간은 눈앞에 자신이 취할 이득이 있다면 속마음을
감추는 것쯤이야 식은 죽 먹기이지만 고양이들은 그렇지 않다. 그들에게 절대 불가능한 것이
하나 있다면 바로 '포커페이스'일 것이다.

깊어가는 가을, 만추의 고양이.

화페이페이는 관푸 박물관의 역대
고양이 관장으로 이제는 원로의
대접을 받고 있다. 녀석은 급성 호흡기
질환인 사스가 유행하던 수년 전,
주인에게 버림을 받고 거리를
떠돌아다니던 유기묘였다. 거리에서
주인 없이 배회하는 녀석을 처음
박물관에 들여놓은 것은 나였다.
하지만 화페이페이는 아무리 봐도
길고양이 같은 험한 구석을 찾아보기
힘들었다. 그에겐 사람조차 쉽게
범접하기 힘든 고귀한 기질이 있었다.
아무에게나 함부로 곁을 내주지
않았고 심지어 밥을 먹을 때조차
우아한 기품을 잃지 않았다.

자단목紫檀木에 상감 기법으로 용 문양을 새긴 청 건륭조의
침상에 누운 화페이페이.

마 관장의 직속 비서이자 베테랑 교정자를 자처하는 화페이페이.

나는 종종 사무실에 홀로 남아서 원고를 쓰곤 하는데 그때마다 녀석은 책상 위에 가만히 엎드린 채 조용히 나를 바라보기만 한다. 대단한 인내심의 소유자가 아니고서야 쉽지 않은 일이다. 그때 나는 화페이페이가 분명 아주 어린 새끼 때부터 제대로 훈육을 받은 고양이임을 확신했다. 솔직히 말하면 인간에게도 기대하기 힘든 품성이다. 어린 시절에 제대로 된 양육 환경을 갖추지 못해 어른으로 성장한 후에도 허세만 부리는 망나니가 천지인 세상 아닌가.

화페이페이는 박물관 직원들과도 허물없이 잘 지냈다. 하지만 그 와중에도 누가 자신을 가장 예뻐하는지 혹은 누가 자신을 싫어하는지 귀신같이 알아차렸다. 말도 못하고 누구에게 고자질할 줄도 모르는 고양이라고 해서 사람들의 말귀마저 못 알아듣는다고 생각하면 오산이다. 만약 화페이페이가 말을 할 수 있었다면 '가필드'라는 고양이 캐릭터는 이 세상에 존재하지도 않았을 거라고 직원들은 입을 모은다. 말이 나온 김에 덧붙이면 화페이페이는 드래곤 리Dragon-Li라는 중국의 야생 고양이 품종으로 최고치에 이를 때는 체중이 9킬로그램에 달한 적도 있었다.

화페이페이의 어그.

아침이 되면 화페이페이는 몹시 반가운
기색으로 나를 향해 달려와서는 소파
위에 벌렁 드러눕곤 한다. 지구상에
고양이만큼 더위와 추위 변화에 민감하게
반응하는 동물이 또 있을까. 한여름
기온이 치솟는 날이면 고양이들은 차가운
대리석 바닥에 사지를 뻗어 큰 대자로
눕는다. 해변의 바캉스를 즐기러 나온
연인들처럼 완전히 무장해제된 모습이다.

반면에 수은주의 눈금이 뚝뚝 떨어지는 겨울이면 본능적으로 가장 따뜻하고 가장 안락한
보금자리를 찾아간다. 그래서 기온이 영하로 내려가면 사무실의 업무용 컴퓨터는 온통 고양이들
차지가 되고 만다. 추운 겨울에 따끈따끈한 열기를 뿜어내는 컴퓨터보다 더한 천국이 또 있을까.

하지만 사람이 추위를 견딘다는 것은 고양이처럼 간단한 일이 아니다. 인류는 진화 과정에서
보온과 체온의 유지를 돕는 체모의 퇴화를 겪었다. 현재 남아 있는 체모는 극히 부분적이므로
듬성듬성 난 솜털로는 보온 효과를 기대하기 어렵다. 솜털을 제외하고 인체에서 가장 넓은
표면적을 차지하는 체모는 두발이다. 두발은 자아를 포장하고픈 인간의 허영심을 충족시켜준다.
또한 남다른 개성의 발현 혹은 사회적 불만이나 반발을 드러내는 상징적 표식으로 아예 삭발을
감행하는 경우도 있다. 두발이 단순한 신체 조직에 국한되지 않고 인류의 의식까지 반영한다고
하면 지나친 비약일까? 그러므로 사회학에서는 두발을 제3의 성징性徵이라 부르기도 한다.
아무리 세태가 변했다 해도 여전히 많은 사람들이 타인의 성별을 인식하는 첫 번째 지표로
두발의 길이와 형태를 본다. 또한 이러한 고정관념은 동서고금이 크게 다르지 않다.

과거의 특정한 시기, 암암리에 비밀공작 임무를 수행하는 사람들은 항상 가발을 휴대하고
다녔다. 만에 하나 신분 노출의 위험이 닥치면 재빨리 가발을 착용하여 위기를 모면하려는
대비책이었다. 하지만 아무리 임기응변이라도 신장 2미터에 가까운 거구의 공작원들이
남성 특유의 신체적 특징을 고작 여성용 가발 하나로 속였을 가능성은 다소 희박해 보인다.

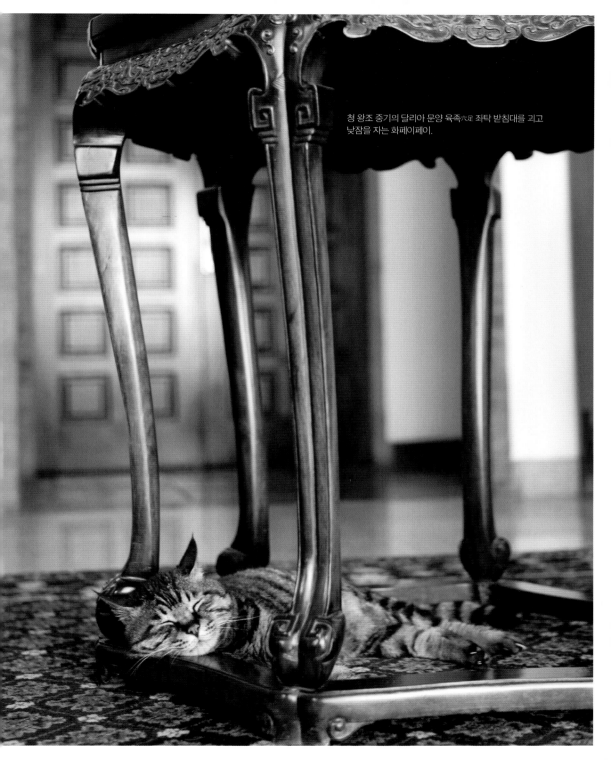

청 왕조 중기의 달리아 문양 육족六足 좌탁 받침대를 괴고 낮잠을 자는 화페이페이.

건륭조 시대 옻칠을 한 병풍을 배경으로 자단목 보좌에 앉은
화페이페이의 패기 충만한 자태.

오늘날 남녀의 성징은 갈수록 모호해지는 추세다. 공중 화장실에서 긴 머리카락을 허리까지 늘어뜨린 남자들의 뒷모습을 맞닥뜨릴 때마다 내 심장은 콩알만 해진다. 세태가 이러하니 여자들만의 공간이라고 해서 이처럼 황당한 일이 절대 벌어지지 않는다고는 장담할 수 없을 것 같다.

이러한 남녀의 성징에서 벗어난 관푸의 고양이들은 자유롭다. 더 이상 암컷도 아니고 수컷도 아닌 중성적 존재로 변신한 이들은 후천적 편리와 행복을 마음껏 누리고 있다. 어느 누구도 고양이의 선천적인 성별 차로 인해 발생하는 불편부당한 생리 현상에 대해서 시비를 걸지 않는다. 단지 수의사에게 약간의 비용을 지불하기만 하면 거스를 수 없는 본능적 발정 행위나 짝짓기로 인해 빚어지는 여러 고충들이 간단히 제거된다. 중성화 수술을 거친 후에 고양이를 기르는 집사들의 최대 골칫거리가 하나 있다면 이따금씩 소파에 발톱 자국을 내는 경우일 텐데, 사실 그들이 주는 기쁨에 비하면 이런 고충은 아무것도 아니다. 집사라면 기꺼이 감수할 수 있는 사소한 단점이다.

관장의 풍모가 넘치는 화페이페이, 누가 감히 그의 위엄을 따를 수 있을까?

고양이 특유의 애교를 부리는 화페이페이.

명대 조각상인 근조남극선옹
根雕南極仙翁과 쌍벽을 자랑하는
화페이페이 옹.

경태람 기법으로 제작된 자단목 전통 칠보 공예 탁자를 밟고 올라선 화페이페이.
그의 시선이 닿는 곳 어디라도 아름답지 않은 곳이 있으랴.

화페이페이를 위한 칠언시

바람에 옷자락 나부끼며 사뿐사뿐 다가오는 경쾌한 발걸음,
온화한 한 쌍의 파란 눈동자는 가히 천하일색 고양이로구나.
붉은 자단 보좌에 앉았는가 하면 화리목 침상에 눕고,
금붕어 노니는 초록빛 수족관을 지나 멧대추나무에 오르네.
이십 년 고양이 인생에 이보다 더한 복록이 또 있을까.
인간은 백 세가 되어야 비로소 청신한 마음을 얻는다는데,
한바탕 달콤한 꿈속이라면 누군들 즐겁지 않겠는가?
나와 함께 새로운 숲으로 오후의 산책이나 나서 볼까나.

漫卷羅衣閑步入, 碧珠一對傾國柔.
紫檀寶座花梨榻, 綠幕漁缸酸棗丘.
猫命廿年多歡樂, 人生百歲可淸修.
酣然一夢誰得趣, 待我新叢午後遊.

팔기군 마스코트

양홍기鑲紅旗 : 명 만력 43년(1615년)에 창설된 팔기군의 하나. 붉은색에 하얀 테두리를 두른 깃발을 상징으로 한다. 양홍기는 하오기에 귀속되었으며 대표적인 인물로는 청의 11대 황제인 광서제가 총애했던 진비珍妃가 있다.

주 병기 : 편鞭. 전국시대에 널리 성행한 병기이다. 채찍 재질의 강도에 따라 종류를 구분했는데 철이나 청동으로 제작된 편도 있었다. 주로 마상馬上 전투에서 활용도가 높은 편이고 강력한 역동성 탓에 원거리의 적을 제압하기에 안성맞춤이었다. 연주편連珠鞭, 죽절편竹節鞭, 방절편方節鞭 등이 있다. 이십사절후 중 춘분을 관장하는 울지경덕尉遲敬德이 들고 있는 것도 채찍편이다.

제2장

헤이파오파오

헤이파오파오는 제 발로 관푸 박물관의 문을 두드린
고양이로, 처음 박물관에 모습을 나타냈을 때는 앙상한
몰골에 다리는 상처를 입어 절뚝거렸다. 박물관 직원들은
나이팅게일처럼 부상자를 지극정성으로 치료하고
돌봐주었고 그 역시 스스로 회복하려는 의지가 매우
강했다. 하루가 다르게 건강을 되찾아가던 헤이파오파오는
몇 달이 지나자 검은 털 전체에 놀라울 정도로 윤기가
돌았고 확연히 달라진 모습에 보는 사람마다 감탄을
금치 못했다.

수컷인 헤이파오파오는 주체하지 못할 정도로 강렬한
식욕의 소유자였다. 그가 먹어치우는 어마어마한 양을
보면 두 눈을 의심할 지경이었다. 걸신이라도 들린 양
배가 터지도록 실컷 먹고 마시는 일로 시간을 보내던
헤이파오파오에게도 반전이 일어났다. 완벽한 미묘의
자태를 뽐내던 황창창을 마주한 뒤로 그만 사랑에 빠지고
만 것이다. 이따금씩 도를 지나친 행동이 황창창의 신경을
곤두서게 만들었지만 헤이파오파오가 우리 앞에 처음
등장했을 당시의 흡사 난민 같았던 모습을 떠올리면
놀라운 일이 아닐 수 없었다. 어디에서 살다 왔는지 이름이
무엇인지도 알 수 없는, 그저 굶주린 떠돌이 고양이였던
그가 '배가 부르면 저절로 이성에 눈뜨기 마련인' 자연의
섭리에 그토록 빨리 순응하게 될 줄을 누가 상상이나
했을까.

대장군의 카리스마가 넘치는 헤이파오파오.

지난밤 조심성 없는 쥐 한 마리가 착각을 했는지 1층 사무실 구역에 침입했다. 미화원은
아침에서야 쥐를 발견하고는 밤새 관사 안에서 휴식을 취하고 있던 고양이들을 사무실에
풀어주었다. 관사에 남은 화페이페이를 제외한 세 마리의 고양이들이 사무실에 침입한 쥐를
향해 돌진하기 시작했다. 황창창은 마치 철천지원수라도 만난 듯이 날카로운 경계의 눈초리로
평소보다 꼬리털을 몇 배는 바짝 곤두세운 채 당장이라도 쥐를 향해 뛰어들 태세였으나 섣불리
앞장서지는 못했다. 바이투어투어白拖拖(이 책에서는 주요하게 등장하지 않지만 관푸 박물관의 또
다른 고양이 관장이다)는 평상시 잠시도 가만있질 못하고 높은 곳을 향해 기어오르거나 바닥에
뛰어내리기를 반복하며 산만한 행동을 하더니 이번에도 역시 쥐와 대치 중인 헤이파오파오의
주위를 빙빙 돌며 응원 단장처럼 호들갑만 떨었다. 《삼련생활주간三聯生活週刊》의 표지모델이기도
했던 헤이파오파오는 명성답게 과감히 쥐와의 최후 결전에 나섰다. 그는 단번에 쥐를 입에
물었고 가엾은 쥐는 제 운명이 다했음을 알았는지 찍찍 소리를 내며 울었다.

관푸의 고양이들은 누구나 박물관에 온 후로 귀빈 대접을 받아왔다. 그러다 보니 쥐를 사냥하는
킬러로서의 본능은 온데간데없이 사라져버렸다. 물론 쥐를 감지하는 후각이나 본능적인 경계
심리 자체가 퇴화한 것은 아니지만 작정하고 쥐를 소탕하겠다는 의지가 약해졌다. 긴장이 풀린
헤이파오파오가 잠시 숨을 돌리려는 찰나, 기사회생으로 살아난 쥐가 화장실 쪽으로 줄행랑을
치고 말았다. 직원들은 다시 큰 소리로 비명을 질러댔고 쥐는 그 틈을 타 종적을 감췄다.

언젠가 직원들끼리 모두 모인 자리에서 쥐가 물건을 쏟아놓는 상황에 대한 우려 섞인 논의가
오고 간 적이 있다. 그리고 마침 그날 저녁 퇴근 시간 무렵이었다. 갑자기 2층 당직실에서
목청이 찢어져라 내지르는 누군가의 비명 소리가 들려왔다. 쥐 한 마리가 하수관을 타고 2층
당직실 안까지 침입한 것이다. 우려하던 사태가 벌어지자 우리는 이미 관사로 퇴근한 고양이들을
총출동시켰다. 비좁은 당직실 안에 여섯 명이나 되는 직원과 네 마리 고양이가 한 마리의 쥐와
대치 국면에 들어간 광경이라니! 당직실은 발 디딜 틈조차 없어 보였다. 하지만 죽은 돼지가
끓는 물을 두려워하랴. 궁지에 몰린 쥐는 물에 젖은 대걸레마냥 마룻바닥에 납작 엎드리더니
결국 도망갈 구석을 찾아 사라졌다. 황창창은 이 모든 광경을 강 건너 불구경하듯 한쪽에
비켜서 지켜보기만 했다. 하지만 역시 헤이파오파오는 달랐다. 쥐가 사라진 간이침상 아래를
전광석화처럼 파고들더니 한바탕 몸부림이 있은 후 입에 쥐를 물고 나왔다. 눈앞에서 이를
목격한 젊은 여직원 셋은 팔짝팔짝 뛰며 야단법석을 부렸고 나와 기사, 그리고 산전수전 다

겪은 탓에 이 정도 소동으로는 눈 하나 깜짝할 리 없는 당직실 주임이 나섰다. 우리는 끝까지
쥐를 잡아보겠다며 이미 몽둥이를 집어 든 상태였다. 헤이파오파오가 물고 있던 쥐를 바닥에
내려놓자 사력을 다해 파닥거리던 쥐는 더 이상 버틸 힘이 남아 있지 않은 듯 미동조차 하지
않았다. 하지만 최후의 발악처럼 쥐는 다시 찍찍 비명을 질러댔고 결국 우리 세 사람은 합심하여
쥐를 때려죽이고야 말았다. 이제와 돌이켜보면 그날의 쥐 소동이 관푸 고양이들의 자존심에
상처로 남은 것은 아닐까 하는 생각을 하게 된다.

한바탕 우여곡절 끝에 쥐 소동이 가라앉고 다시금 평화가 찾아왔다. 네 마리의 고양이는 평범한
일상 속에서 관사로 돌아가 아무 일도 없었다는 듯이 각자의 보금자리에서 잠을 청했다. 그때까지
관푸 고양이 중 누가 제일 날쌘지 누가 제일 용감한지 알 수 있는 기회가 없었다. 거드름을 피우던
고양이들은 자신의 사냥 솜씨를 발휘할 기회조차 없음을 아쉬워하는 듯했지만 막상 일이 터지자
만천하에 그들의 진면목이 드러났다. 진즉에 고양이들의 체력 증진을 위한 운동회라도 열어 서로의
실력을 견주어보게 하는 것이 바람직하지 않았을까 하는 후회가 들었다.

헤이파오파오의 이름은 내가 직접 지어주었다. 박물관
직원들은 녀석을 샤오헤이小黑(헤이파오파오의 애칭), 혹은
헤이헤이, 파오파오 등 각자 자신이 부르고 싶은 대로
중구난방 불러댔다. 누가 자신을 뭐라고 부르건
헤이파오파오에게는 감히 범접하기 힘든 고귀한 기품이
있었다. 비록 한때 박물관 주변을 배회하던 떠돌이
고양이였지만 거칠고 고약한 습성은 찾아보기 힘들었다.
헤이파오파오는 자신이 해야 할 일이 무엇인지, 해서는
안 되는 행동이 무엇인지 가르쳐주지 않아도 너무나 잘
알고 있는 듯했다. 사람을 성가시게 하거나 주위에 누를
끼치는 행동은 결코 하지 않았다.

매일 아침 출근하면 헤이파오파오는 내 사무실로 달려와
아침 인사를 했다. 그는 모든 안테나를 곤두세우고 어떤
사람이 자신에게 호감을 보이는지 혹은 냉담한지 매번
신중하게 판단했다. 만약 누군가 마음에 들었다면 그의
의자를 비집고 올라가 함께 앉았다. 만약 그의 시선이
모니터를 들여다보느라 자신에게 관심을 보이지
않으면 등 뒤로 돌아가서 얌전히 앉아 있었다. 직원들은
헤이파오파오의 환심을 사려고 휴식 시간이면 각자 집에서
가져온 고양이용 간식을 꺼내 놓았다. 때론 간식의 양이
부족할 때도 있었지만 그는 한 번도 실망한 기색을 비추지
않았다. 오히려 뼛속 깊이 고양이 관장으로서의 위엄을
지켰다.

고양이도 사람처럼 사랑과 기쁨, 오해, 갈등, 미움의 감정을
느낀다. 서로 등을 돌리고 편을 가르는 경우도 있다.
헤이파오파오는 황창창과의 사이가 유독 각별했다.
황창창에게는 마치 무한 책임 의식이라도 느끼는 듯 혹여

눈빛만 봐도 알 수 있지. 우리 사이에 무슨 말이 더 필요하랴.

그가 궁지에 몰리기라도 하면 몸을 사리지 않고 돌진했다. 그러면서도 결코 귀찮게 치대는 법이
없어 신사로서의 품격마저 느껴졌다. 사람들과 소통함에 있어서도 자신의 분수를 넘기는 행동은
하지 않았다.

그해에 나는 관푸의 고양이들과 함께 기념촬영을 시도했다. 평소 활기가 넘치던 고양이들이지만
카메라 앞에 억지로 세우니 모델로서 제 몫을 다하지 못했다. 유일하게 헤이파오파오만이 순순히
포즈를 취해주었다. 그 외 나머지 고양이들은 단 몇 초도 버티지를 못했다. 나로서도 안타까운
일이 아닐 수 없었다. 하지만 카메라와는 인연이 닿지 않으니 마음을 접을 수밖에.

헤이파오파오에게 불행의 그림자가 가까워 오던 날, 나는 출장 중이었다. 활주로에 비행기가
착륙하자마자 사무실로부터 한 통의 문자를 받았다. 샤오헤이가 지금 병원에서 치료를 받고
있다는 내용이었다. 대체 무슨 일이냐고 당장 묻고 싶었지만 그럴 수가 없었다. 얼마나 시간이
흘렀을까. 직원들은 샤오헤이의 심장이 멈췄다는 두 번째 문자를 보내왔다. 창밖으로 활주로
위 검푸른 하늘이 눈에 들어왔다. 휘황찬란한 네온사인이 짙은 어둠 속에서 더욱 빛을 발하며
반짝거리고 있었다. 아무것도 머릿속에 떠올리고 싶지 않았지만 소용이 없었다. 샤오헤이가
세상을 떠났다는 사실이 믿기지 않았다. 그러다 문득 지금 이 순간 내가 그러하듯이 망연자실하고
있을 박물관의 동료들이 눈앞에 아른거렸다. 하물며 관푸의 다른 고양이들은 또 얼마나 상심할
것인가! 특히 황창창은 샤오헤이의 흔적이 스며 있는 박물관 안팎을 온종일 헤매고 다닐 것이다.
아마도 나보다 더 많은 이들이 헤이파오파오를 오래도록 기억해줄 것이다.
추운 겨울이면 의자 위로 비집고 올라와 등을 기댄 채 따뜻한 주머니
난로가 되어주던 검은 고양이, 헤이파오파오를 말이다.

얼마 전, 새 책의 출간을 앞두고 출판사로부터 표지 사진을 추천해달라는
요청을 받았다. 나의 독사진 가운데서 표지 사진을 고르자니 겸연쩍은
기분이 들어 주저하던 차였다. 한참을 망설인 끝에 헤이파오파오와 나란히
찍은 사진 한 장을 골라 출판사로 보냈다. 사진 속 우리는 각자 형형한
눈빛을 발하고 있었으나 시선은 같은 곳을 응시하고 있었다. 하지만 정작
헤이파오는 자신이 표지 주인공인 책을 볼 수 없으니 애석하고 침통한
마음을 가눌 길이 없다.

책 표지의 주인공으로 낙점된 헤이파오파오.

〈2009년 7월 25일 환상적인 관푸의 고양이 헤이파오파오〉, 마자르 족의 후예, 헤이파오파오를 그린 유화작품.

헤이파오파오를 위한 칠언시

미소년의 탐스럽고 검은 윤기는 현옥보다 아름답고,
온몸에 흘러넘치는 기품은 아스라한 신선계의 존재로구나.
마침 쥐의 등장으로 숨은 재주가 드러났으니,
과연 관푸의 고양이 가운데 군계일학이라네.
의협심과 충심 어린 성품, 겸양의 예까지 갖추었으니,
골수에 새겨진 올곧고 정의로운 마음, 참되고 굳세고 진실하네.
성별을 초월하여 검디검은 털은 이토록 짙고 푸른데,
못 다 핀 꽃송이여, 부디 맑은 바람 속에 고요히 잠들기를.

玄玉盈澤美少年, 一身本領天外仙.
適逢鼠患顯眞力, 觀復猫群自卓然.
俠骨忠心謙有禮, 士肝義膽正實堅.
性別黑色濃如許, 早花清風寂靜眠.

팔기군 마스코트

정홍기正紅旗 : 명 만력 29년(1601년)에 창설된 팔기군의 하나. 붉은색을 깃발의 상징색으로 삼아 정홍기라 불렸다. 정홍기는 하오기의 하나로 청 말에 이르러 급격히 인원이 감소되었다. 관할하에 74개의 좌령佐領이 있었으며 총 병력은 약 2만 3000명에 이르렀다. 대표적인 인물로는 작가 노사老舍가 있다.

주 병기 : 창槍. 고대 전투에서 방패와 함께 짝을 이루어 광범위하게 사용되었던 병기이다. 당송에 와서는 창을 자유자재로 활용하는 사람들이 늘어나 나가창羅家槍. 양가창楊家槍 등으로 분류되었다. 끝까지 금에 저항했던 남송南宋의 명장, 악비 역시 창을 즐겨 사용했으며 후대에 《악가창법岳家槍法》이라는 병서를 남겼다.

어린 시절부터 나는 동물을 가까이했다. 특히
집 안에서 기를 수 있다면 개나 고양이 가릴 것
없이 대환영이었다. 사람들은 동물이 우리가
상상하는 그 이상의 영성靈性을 지니고 있다는
사실을 종종 간과한다. 더구나 어른이 되고 난
후에는 이러한 사실을 거의 망각한다. 인류의
비극은 바로 여기에서 비롯되었다고 생각한다.

관푸 박물관에는 고양이 외에 개 다섯 마리가
함께 산다. 개들은 박물관의 문지기 역할을 맡고
있는데 두 마리는 짱아오藏獒(티베탄 마스티프)
품종이고 두 마리는 셰퍼드, 나머지 한 마리는
사모예드 혈통견이다. 이들은 주로 깊은 밤
외부의 침입자를 경계한다. 특히 짱아오의 포효는
양상군자梁上君子*들의 간담을 서늘하게 하고도
남는다.

관푸의 고양이들은 저마다 아름다운 이름을
가졌다. 황창창, 화페이페이, 마티아오티아오,
헤이파오파오는 언제나 사무실 주변을 돌아다니며
살갑게 애교를 피우는 통에 직원들의 사랑을
독차지한다. 그렇다 보니 관푸 박물관의
직원들에게는 새로운 업무 규약이 하나 더 늘었다.
근무 시간에는 절대 고양이와 놀지 않기!

....
* 대들보 위의 군자라는 뜻으로 도둑을 비유적으로 표현하는 말이다.

한번 돌아보는 미소에 온갖 애교가 흐르네. (백거이의 〈장한가長恨歌〉 한 구절
'회모일소백미생回眸一笑百媚生'에서 따왔다)

갓난아이처럼 품에 안긴 황창창.

오늘은 날 내버려 둬. 만사가 귀찮은 표정의 황창창.

온종일 박물관 안에서 나름의 품위를 지키며
살아가는 관푸의 고양이들도 각자의 사연을
들여다보면 불우했던 유년 시절이 있었다. 한때
유기묘였던 그들은 떠돌이처럼 거리를 배회했던
적이 있으나 박물관에 입양된 후로는 하루아침에
관장으로 신분이 상승하게 되었다.

최근 박물관 웹사이트에 사진 한 장을 업데이트했다.
흰 고양이를 안고 있는 내 사진으로, 이 흰 고양이가
바로 황창창이다. 황창창이란 이름은 박물관 고양이들의 작명 계보에 맞춰 내가 지어주었다.
황창창은 온통 눈송이처럼 하얀 털로 뒤덮여 있지만 유독 꼬리 부분의 털만 황금빛을 띤다.
흰 설원에 황금빛 총 한 자루를 세워놓은 것 같다고 해서 황창창이라는 이름을 붙여준 것이다.
일반적으로 흰 몸통에 까만 꼬리털을 가진 고양이를 총칭하는 '설리타창雪里拖槍'에서 착안한
이름인데, 왕쉬王朔의 소설《보기에는 아름다워看上去很美》에 등장하는 주인공 팡창창方槍槍과
동명이기도 하다.

황창창은 온화하고 부드러운 기질의 고양이로 무엇보다 사람들의 마음을 읽을 줄 안다.
언제 어디서건 이름을 부르면 즉각적인 반응을 보이고 한 번도 심드렁한 태도를 취하는 법이
없다. 그녀의 첫 등장 역시 꽤 극적이었다. 황창창은 원래 주택가 주변의 수풀 근처를 배회하던
떠돌이 고양이가 낳은 새끼 중의 하나였다. 누군가 그녀의 형제자매들을 하나둘씩 데려가는
바람에 풀숲에 덩그러니 홀로 남겨져 울고 있었다. 그날 황창창의 애처롭고 처량한 울음소리는
그녀의 운명을 바꿔놓았다.

단언컨대 비록 잡종이라고 해도 황창창에게는 고귀한 터키 고양이의 혈통이 흐르고 있다.
황창창은 여름이 되면 털이 짧아졌다가 겨울이 오면 다시 덥수룩하게 자라난다. 유난히 물을
좋아하는 편이라 수영도 곧잘 한다. 황창창 특유의 습성은 박물관에 온 후 이미 모든 이들에게
잘 알려진 터였다. 여담이지만 관푸 박물관의 수족관이 생긴 이래로 금붕어들의 간담이 가장
서늘해지는 순간을 들라면 황창창이 수족관에 코를 묻고 뚫어져라 바라볼 때일 것이다.

보면 볼수록 군침이 도는군.

사뿐사뿐 미묘의 경쾌한 발걸음.

꽃보다 고양이. 이보다 더 환상적인 조합이 있을까.

고양이가 이처럼 인류의 열렬한 애정을 한 몸에 받게 된 것은 무엇 때문일까? 나는 그들의
아름다운 털을 첫손에 꼽기를 주저하지 않는다. 인류에게는 솜털을 제외하면 체모가 거의 남아
있지 않을뿐더러 이는 자연스러운 진화의 결과이니 따져 무엇하랴. 그나마 다행스러운 것은
인류에게 여전히 두발이 존재한다는 것이다.

검은 머리카락이 세월이 흘러 흰 파뿌리처럼 변하는 현상 또한 자연의 섭리이다. 나 역시 흰
머리가 자꾸만 늘고 있다. 특히 방송국의 강도 높은 조명을 받으면 유독 백발이 성성해 보인다.
내가 봐도 거슬리기는 하지만 고집스럽게도 여전히 염색을 하지 않고 있다. 우선은 귀찮기도
하거니와 나이 먹어서 부질없는 치장에나 신경을 쓴다는 오해를 받을까 봐 걱정이 앞서기
때문이다. 태연자약하게 무심한 듯 살아가는 고양이들은 머리끝부터 발끝까지 타인의 시선을
감당해야 하는 인류의 이러한 문화를 과연 이해할 수 있을까.

겨울이 지나고 봄이 오면 모든 고양이들이 털갈이 시기를 맞이한다. 동시에 털 뭉침 현상이 특히
심해지는데 장모종인 황창창의 경우에는 며칠만 빗질을 게을리해도 금방 털들이 서로 엉겨 붙어
빗질 자체가 불가능해진다. 이럴 때 만약 억지로 빗질을 시도하게 되면 황창창은 싸늘한 태도를
보이며 토라지곤 한다.

직원들은 궁여지책으로 황창창이 한눈을 파는 사이 심하게 뭉친 털을 가위로 잘라냈는데 결과는
너무나 참혹했다. 부드럽고 탐스러운 모질을 자랑하던 황창창의 털은 보기 싫게 뭉텅뭉텅
잘려나갔다. 온몸에 듬성듬성 구멍이 난 황창창을 그대로 두고 보자니 어찌나 눈에 거슬리던지
당장 애완동물용 바리깡을 구입해서 다듬어주기로 했다. 하지만 이런저런 번거로움을 덜기 위해
직원들이 직접 황창창을 데리고 애완샵을 찾아가 이발하는 것으로 사태를 일단락 지었다.

과연 전문가의 손길은 기대 이상이었다. 황창창은 다시 눈부신 자태로 탈바꿈했다. 박물관으로
돌아온 황창창은 곧장 나를 찾아 사무실로 달려왔지만 마침 내가 부재중이었던 터라 꽤 실망하는
눈치였다고 한다. 그 장면을 놓친 건 나로서도 안타까운 일이 아닐 수 없다. 나중에 사무실에
복귀한 후에야 이발을 마치고 돌아온 황창창을 품에 안을 수 있었는데, 미동도 않은 채 가만히
안겨 있는 황창창의 체온이 고스란히 전해졌다. 따스한 온기를 지닌 고양이를 안았을 때 느껴지는
그 충일한 행복감이라니.

얼굴과 다리, 꼬리털만 남겨놓고 전체적으로 털을 다듬다 보니 황창창은 얼핏 사자 비슷한 모습이 되었다. 특히 다리는 마치 털 장화를 신은 것처럼 보였다. 이로써 황창창 역시 최신 유행족의 대열에 들어선 셈이랄까. 아무튼 나는 박물관을 찾아오는 방문객들에게 황창창을 보면 반드시 예쁘다는 칭찬을 아끼지 말아달라고 당부한다. 고양이들에게도 자존심이라는 것이 있고 황창창의 경우는 유독 더 강하다. 더구나 인류가 고양이의 생태를 파악하는 이상으로 그녀 역시 사람들의 마음을 읽을 줄 아는 고양이기 때문이다.

사람들은 고양이를 단순한 애완동물로 여기지만 사실 고양이 입장에서 보면 집사는 그들의 부모나 마찬가지이다. 모든 집사들에게는 자신이 기르는 고양이에 대한 책무가 있다. 이러한 책무는 신이 인간에게 준 선물이다. 그들은 우리가 베푼 사랑을 몇 배의 행복감으로 되돌려준다.

난 자유가 좋아.

비바람이 훑고 간 정원을 지나 총총히 계단을 뛰어오르는 황창창.

사람들은 타인과의 관계 맺기를 통해 서로의 감정을 읽는다. 고양이들도 그들만의 세계가 있고 고양이 상호 간에도 희로애락이 존재한다. 고양이들 세계의 보이지 않는 감정의 줄다리기에 관해 우리는 너무 쉽게 간과한다. 설령 사람들이 고양이들의 언어를 이해해보려고 노력한다 해도 수박 겉핥기에 지나지 않는다. 우리가 아는 것은 고작 그들도 낯선 고양이를 보면 즉각 경계 태세를 보인다거나 갈등의 정도가 심하면 이빨을 드러내고 하악질을 한다는 것이다. 반대로 친밀감을 느끼는 고양이들끼리는 서로 몸을 비빈다는 정도가 전부이다.

황창창을 인간에 비유하면 천진하고 상냥한 미소녀에 가깝다. 난생처음 보는 사람이라 할지라도 황창창은 경계하지 않는다. 누구든 호의를 보이며 다가오는 사람이 있으면 낯을 가리지 않고 곧바로 그의 품속에 파고들어 얼굴을 비비적거린다. 혹시라도 귀찮아하거나 비켜나라는 사람이 있어도 별로 원망하는 기색이 없다. 황창창의 가장 사랑스러운 점이라면 누가 부르건 간에 반갑게 달려온다는 것이다. 어린 아기처럼 새근새근 가느다란 숨소리를 내며 작고 여린 목소리로 야옹거릴 뿐, 야단법석을 부리지 않는다. 나는 지금까지 황창창이 괴성을 지르거나 소란을 피우는 것을 본 적이 없다. 설령 바이투어투어가 끈질기게 달라붙어 귀찮게 굴어도 입을 다문 채 묵묵히 참아낼 뿐이다.

의협심과 용기로 똘똘 뭉친 고양이의 표본이라면 역시 헤이파오파오를 꼽을 수 있다. 누구라도 기대고 싶을 만큼 듬직했기에 설령 고양이들 간에 갈등이 생겨도 그가 나서면 전혀 걱정할 필요가 없었다. 특히 헤이파오파오와 황창창은 서로 진심으로 좋아하는 사이였기에 만약 황창창에게 무슨 일이 생기면 가장 먼저 달려가곤 했다. 이는 흡사 악의 무리가 날뛰는 강호를 평정하기 위해 등장한 협객을 방불케 했다. 황창창은 마음속으로 모든 상황을 묵묵히 지켜보며 새겨둔다.

우리 연애할까?

그렇게 보면 어쩔 건데?

사람이 고양이의 언어를 알아들을 수 있다고 해도 고양이들 사이의 감정의 기류까지 속속들이
파헤칠 수는 없을 것이다. 우리가 눈으로 확인할 수 있는 것은 황창창이 잠들기 전에 항상
헤이파오파오를 찾는다는 사실뿐이다. 더욱이 헤이파오파오의 신변에 이상이 생겼을 때(이를 테면
헤이파오파오가 병원에서 수술을 마치고 돌아온 직후) 황창창은 생사가 오고가는 위급한 순간까지도
그와 함께 밤을 지새웠다.

고양이의 감정이라고 해서 사람과 다를 리 없다. 한두 방울씩 떨어진 낙숫물이 바위를 뚫고
샛강이 하나둘 합쳐져 대하를 이루듯이 정이란 서서히 쌓여가는 것이다. 특히 어려운 시절을
함께 이겨낸 사이라면 돈독한 정을 느낄 수밖에 없다. 헤이파오파오의 죽음은 청천벽력처럼
급작스러운 일이었다. 거의 숨이 멎은 헤이파오파오를 병원에서 데려오던 날 직원들은 황창창이
충격을 받을까 봐 전전긍긍했다. 역시나 황창창은 온종일 풀이 죽은 모습으로 헤이파오파오를
찾아다녔다. 황창창의 발길이 닿을 수 있는 곳이면 높은 곳이나 후미진 구석을 가리지 않고
구석구석 샅샅이 뒤지고 다녔다. 바늘 하나 들어갈 틈이 없어 보이는 캐비닛 아래도 기어코
기어들어가 헤이파오파오의 흔적을 찾으려는 행동을 한순간도 쉬지 않고 반복했다. 그러다
마침내 한 번도 들어본 적 없는 긴 탄식과도 같은 울음소리로 흐느끼기 시작했다.

우리는 황창창의 기다림이 부질없다는 사실을 알기에 더욱 안타까울 수밖에 없었다. 하지만
이러한 사실을 알 리 없는 황창창은 그 기다림을 멈추지 않았다. 오로지 황창창이 알고 있는
것은 자신의 진실한 감정일 것이다. 그가 간절히 원하는 것은 단지 마음을 나눌 대상이었으므로
이러한 감정을 온몸으로 발산하는 것 말고는 다른 방법이 없었다. 과연 황창창이 그토록
필사적이고 애달프게 전달하고자 했던 것은 무엇이었을까? 고양이 세계에도 진실한 감정이
존재한다는 사실, 그 하나가 아닐까.

어느 오후, 낭만 고양이의 쓸쓸한 뒷모습.

참새가 방앗간을 못 지나치듯 하루도 빼놓지 않고 오르내리는 계단.

타임캡슐을 타고 건륭조 시대로 순간 이동하는 황창창.

눈밭에서 숨은 고양이 찾기.

황창창을 위한 칠언시

가녀린 황금빛 꼬리, 한 떨기 흰 매화꽃 같구나.
지상에 닿을 듯 말 듯, 우아한 걸음걸이는 깃털보다 가볍네.
게으르게 기지개를 켜면, 뼈 마디마디 활처럼 유연하게 늘어나고
숙녀처럼 단아한 얼굴로 천방지축 활개를 치네.
애교 섞인 몸짓으로 무릎을 파고든 채 한동안 기대어 있고
나지막하게 이름을 부르면 어김없이 고개 돌려 대답한다네.
미묘의 표본인 양, 백설처럼 보드랍고 말랑말랑한 자태가
한순간 가위질에 재투성이로 변해버렸구나.

縴縴黃尾簇白梅, 落地無聲優雅來.
懶起舒伸柔弱骨, 妝成實爲霸道開.
婷婷繞膝還依靠, 裊裊喚名總有回.
軟糯佳人香模樣, 三天堪變土布灰.

팔기군 마스코트

정남기正藍旗 : 명 만력 29년(1601년)에 창설된 팔기군의 하나. 남색을 깃발의 상징색으로 삼아 정남기라 불렀다. 청의 3대 황제인 순치제 이전에는 정황기, 양황기와 더불어 상삼기의 하나로 활약했으나 도르곤*에 의해 하오기로 강등 당했다. 그 후 황제의 직속 부대가 아닌 제후의 관할로 새롭게 편제되었으며 병력은 2만 6000명에 달했다.

주 병기 : 창矛. 길이가 긴 창을 병기로 사용하게 된 시기는 한대漢代이다. 당대에 와서 표기를 창槍으로 대체하였고 종류 또한 다양해졌다. 긴 막대 끝에 달린 창은 주로 마상 전투에서 사용되었다. 창에 의한 자상은 인체에 매우 심각한 손상을 입혔기에 그 위력이 대단했다. 삼국지의 맹장, 장비가 주로 사용했던 장팔사모 역시 이에 해당한다.

* 태조 누르하치의 14번째 아들로 형인 태종 홍타이지가 죽고 순치제가 어린 나이에 즉위하자 섭정으로 실질적인 최고 권력자가 되었다.

관푸의 고양이들은 헤이파오파오가 세상을 떠난 후로 부쩍 의기소침해졌다. 황창창은 깊은
시름에 젖은 표정으로 박물관 주위를 홀로 배회했다. 명대 유물인 황화리만력궤黃花李萬曆櫃*
아래로 파고들어가 잠든 모습은 일순 태연자약하게 보였다. 하지만 내가 몇 번이고 이름을
불러도 못들은 척 돌아보지 않는 날들이 늘어갔다. 때론 강호를 떠도는 독고구패(김용 소설에
등장하는 전설의 최강고수)처럼 풀숲에 몸을 숨긴 채 멍하니 딴생각에 잠겨 있기도 했다.

....

* 명대 만력 연간에 유행했던 황화리목으로 만든 장롱.

인생의 진정한 의미는 무엇일까?

아마 그 무렵이었을 것이다. 기왕 고양이를 키우는 김에 한 마리 더 입양할 생각이 없냐는 친구의
전화를 받았다. 그는 호랑이 무늬의 황갈색 고양이라는 말을 덧붙였다. 예전부터 온화한 느낌의
황갈색 치즈 태비야말로 고양이 중의 고양이라고 생각해왔던 나는 1초의 망설임도 없이 흔쾌히
수락했다. 그러나 예상치 못한 사태가 발생했다. 치즈 태비 고양이를 입양하던 날 나는 외부로
출장을 나가 마침 부재중이었다. 나중에 사무실에 돌아와 보니 황갈색의 치즈 태비라던 새끼
고양이는 실은 삐쩍 마른데다 온몸이 남회색빛 털로 뒤덮인 것이 아닌가? 작은 체구에도
불구하고 남달리 장난기가 심했던 그는 관푸의 선배 고양이들에게 이미 기세 좋게 신고식까지
마친 후였다. 박물관 직원들은 한술 더 떠서 새끼 고양이에게 회이회이灰灰(재투성이)라는 이름을
붙여주었다. 결국 역대 관푸 고양이의 성명 계보에 따라 잿빛과 남색 털이 혼합된 이 작은 새끼
고양이에게 란마오藍猫라는 이름이 새로 생겼다. 란마오의 황갈색 눈동자는 보는 이의 마음을
사로잡는 마력이 있었고 나는 그를 첫 대면한 이후에 다시 마오마오毛毛라는 이름으로 불렀다.
지금은 마오마오가 새끼 고양이였을 때 회이회이라는 아명으로 불렸다는 사실을 아무도
기억하지 못한다.

나보다 눈 큰 고양이 있음 나와 봐.

란마오마오의 눈동자와 나뭇잎의 절묘한 조화!

란마오마오는 관푸 박물관의 다른
고양이들에 비해 상대적으로 작고
왜소한 체구를 지녔다. 하지만 그가
먹는 양을 보면 눈으로 보고도
믿기 어려울 정도다. 관푸의 역대
고양이들을 제치고 엄청난 식성을
과시한 그는 식판에 한번 얼굴을
묻고 사료를 먹기 시작하면 거의
20분을 쉬지 않고 먹었다.
그러고도 뭔가 아쉬운 듯 식판
주위를 쉽게 떠나지 않았다. 모든
식사가 끝나면 란마오마오는
포만감에 만족한 표정으로 그제야
입 주변을 정리하기 시작했다.
앞발에 침을 묻혀 입과 눈코 주위를
수십 번 이상 말끔하게 문지른
후에야 비로소 잠자리로 돌아가
잠을 청했다. 몇 주쯤 지나자
란마오마오의 몸집은 눈을 비비고
다시 바라볼 만큼 육중하게 변해
있었다.

장과로張果老(고대 팔대 신선의 하나)가 타고 다녔다는
말 등 위에 올라탄 란마오마오.

옻칠 기법으로 제작된 300년 역사의 용 문양 악기 앞에 선 란마오마오.

란마오마오는 자리에 누워서도 시선은 항상 주변을 두리번거렸다. 그러다가 좋아하는
사람이 나타나면 그의 책상 위를 비집고 뛰어올라 아무 데나 머리를 묻고 그대로
잠들어버렸다. 어린 고양이가 인간의 고뇌와 번민을 어찌 짐작이나 하겠는가. 란마오마오는
층층시하 눈치를 살피거나 자신이 어떻게 보이는지 전혀 신경 쓰지 않는 눈치였다. 관푸의
고양이들이 그러하듯 그 역시 누구에게 잘 보이기 위해 안간힘을 쓰거나 괜한 아양을 떨지
않았다. 오히려 '나는 나의 길을 가련다'라는 식의 소탈함이 엿보였다.

란마오마오가 긴장한 기색을 보이는 경우는 오직 나의 사무실에 들어올 때뿐이다. 기웃기웃 고개를 돌리며 세밀히 탐색하는 그를 보면 내가 그다지 만만한 존재는 아닌 듯했다. 그러니 란마오마오가 세상물정도 모르는 천방지축 고양이라고 생각하면 오산이다. 인생을 살다보면 험난한 강호처럼 평지풍파가 끊이지 않는 날도 있고 잔잔한 호수처럼 평화로운 날도 있다는 사실을 그라고 해서 모르지 않았다. 살다보면 누구라도 119를 부르고 싶을 만큼 다급한 순간이 다가오는 것을 어느 누가 막을 수 있단 말인가.

취미가 독서라는 박물관의 양대 산맥.

사무실을 지나올 때 막 잠에서 깬 란마오마오를 보았는데 머리 아래쪽에 《청관사사清官史事》를 베고 있었다. 박물관에 사는 관푸의 고양이들은 가랑비에 옷 젖듯이 하루하루 문화적 소양을 넓혀가는 중이니 그 정도 역사서쯤이야 초보용 입문 교양서에 불과하다.

독서의 길에는 왕도가 없고 학문의 바다는 끝이 없다.

뚱뚱해도 점프 실력 하나는 국가대표급.

근래 들어 종일 스산한 빗줄기가 오락가락했다. 가을비가 주책도 없이 봄비를 흉내 내는지 내렸다 그치기를 반복하며 열흘 이상을 지루하게 이어졌다. 만약 짙은 황사만 아니었다면 비 오는 날의 운치가 시심을 돋워주었을지도 모르겠지만 안타깝게도 자욱한 황사를 동반하고 있으니 눈에 보이는 모든 사물이 흡사 흙탕물을 뒤집어쓴 것처럼 뿌옇다. 공기마저 쌀쌀해지지 않은 걸 다행으로 여겨야 할까. 원래 가을비가 한차례 지나가면 절기에 맞는 을씨년스러운 한기가 돌았으나 딱히 그런 것도 아니었다. 하지만 몇 날 며칠을 추적추적 내리는 비로 인해 모두 침울한 표정이었다. 붉은 낙엽도 어느새 절반 이상 떨어져나갔고 며칠 전에는 진눈깨비까지 흩뿌렸지만 눈이 왔다는 사실마저 까맣게 잊은 듯했다.

관푸의 고양이들 역시 실외로 나가는 것을 꺼려 하는 눈치였다. 이처럼 짙은 운무가 낀 날은 고양이들도 기분이 가라앉는 모양이다. 이런 날에는 박물관을 찾는 손님들의 발걸음도 눈에 띄게 줄어든다. 날씨는 확실히 방문객의 숫자에 영향을 미쳤다. 요즘 같은 날씨에 따뜻한 온기가 감도는 집을 놔두고 일부러 미세먼지가 뒤덮인 대기를 뚫고 외출을 감행하고 싶은 사람이 어디 있겠는가.

여름과 가을, 두 계절을 보내는 동안 시끌벅적 활기 넘치던 박물관의 고양이들도 곧 추운 겨울이 다가오고 있음을 감지한 모양이다. 고양이들은 일찌감치 두터운 털로 온몸을 무장한 채 사지를 쭉 뻗고 바닥에 뒹굴며 저마다 자신만의 공상에 빠지곤 했다.

마침내 중대한 결정을 내릴 시기가 왔다. 하루가 다르게 커가는 고양이를 위한 집무실, 즉 고양이 관사를 하루라도 빨리 마련하는 일이 시급했다. 관푸의 고양이들은 자신도 모르는 사이 박물관의 당당한 일원이 되었고 각자 맡아야 할 임무가 생겼다. 박물관에 고양이를 입양한 후로 삭막한 공기가 감돌던 사무실에도 따스한 온기가 느껴졌다. 직원들의 근무 환경 역시 한층 부드러워졌고 특히 전시품을 관람하려고 박물관을 찾아온 손님들에게도 뜻하지 않은 볼거리를 제공해주었다.

사실 고양이에게 박물관 관장의 명예를 준다면 기네스북 감이 아닐 수 없다. 고양이들의 하루 일과라고 해봐야 늘어지게 잠을 자거나 혹은 왕성한 식탐을 채우는 일이 전부였다. 도의를 따지고 명예를 추구하는 것은 그들에게는 다른 세상의 일이었다. 자신들이 신뢰하고 싶은 사람 앞에서는 온갖 응석을 부렸고 방문객들에게 애교를 남발하기도 했으나 정작 내 앞에서는 시치미를 떼고 새삼 진중한 태도를 보이기도 했다.

고양이 관사를 짓기 시작한 지 보름이 훌쩍 지났으나 물색없이 잦은 비를 뿌리는 이상 기후 탓에 완공은 더디기만 했다. 하지만 고양이들은 주변을 빙빙 돌기만 할 뿐 오늘 끝나도 그만이고 내일 끝나도 상관없다는 반응을 보였다. 세상만사 조급할 것이 없으니 유유자적한 나날을 보낼 뿐이었다.

마티아오티아오는 자고 일어나면 어김없이 달려와 매표소 창구를 지켰고 화페이페이는 점심시간이면 매일 식당 앞에 버티고 앉아서 사람들이 출입할 때마다 공손히 인사를 했다. 황창창은 박물관 최고의 미묘답게 실컷 늦잠을 자고 일어난 후에야 관내 한 바퀴를 돌았다. 방문객을 발견하면 애교를 부렸으나 아무도 없을 때는 풀이 죽은 듯 다시 늘어지게 잠을 자곤 했다.

새로운 고양이가 입양될 때마다 관푸의 고양이들은 서로에게 차차 적응을 해나갔다. 지루한 겨울이 가고 꽃피는 호우시절好雨時節이 돌아오기를 기다리면서.

새 고양이 관사를 시찰 중인 란마오마오.

전통 가구 문양인 호문(虎紋)을 본뜬 관사 디자인에 만족스러운 표정을 짓는 란마오마오.

관푸의 고매한 독서가, 란마오마오의
머릿속은 온통 먹는 생각뿐이다.

란마오마오의 눈동자 속에는 '한 점의 사특함도 찾아볼 수 없다(논어 〈위정〉 편, 사무사思無邪에서 인용)'.

란마오마오를 위한 칠언시

쫑긋 세운 짧은 귀, 형형한 호랑이 눈동자의 파란 고양이,
작고 통통한 몸매는 발길이 닿는 곳마다 시계추 마냥 따라오네.
차분하고 귀여운 용모, 사람을 보면 쪼르르 달려오고,
달콤한 잠에 취하면 세상사 다툴 일이 무엇일까.
높은 곳에서 뛰어내리다 바닥에 뒹굴고,
빙빙 돌다가 벌떡 일어나 쪼그려 앉아 애교를 부리네.
화들짝 놀란 고양이 간이 콩알만 해지더니,
다시는 문밖에 나가 장난치지 않겠다는 다짐을 하네.

短耳藍絨黃虎睛, 皮囊似墜隨身行.
嬌憨沉静遇人跑, 嗜睡喜甜別無爭.
各式攀爬翻跳轉, 悉數團臥坐賣萌.
只因吓破猫兒胆, 勢不出門戲草坪.

팔기군 마스코트

정백기 : 명 만력 29년(1601년)에 창설된 팔기군의 하나. 누르하치가 시조이며 깃발의 상징색이 백색이라 정백기라 불렀다. 순지 연간 초, 도르곤은 정남기를 하오기로 강등하고 자신이 수장으로 있던 정백기를 상삼기로 승격시켰다. 정백기는 황제의 직속 관제로서 황실의 경호를 맡았으며 이들 가운데 경호부대를 선발했다. 대표적인 인물로는 청말 마지막 황제 푸이의 황후인 완용婉容 등이 있다.

주 병기 : 쌍검雙劍. 두 개의 검을 하나로 합친 것으로 원앙검鴛鴦劍, 자웅검雌雄劍, 용봉검龙凤劍 등 명칭이 다양했다. 쌍검은 칼집 하나에 동시에 보관했고 그 위력은 일반 검의 두 배였다.

관푸 박물관은 마티아오티아오를 새 식구로 영입했다. 앙증맞고 연약한 첫인상은 영양 상태와 발육이 남다른 기존 고양이들과 비교하니 상대적으로 더욱 왜소하게 보였다. 무슨 연유인지는 모르겠으나 박물관에 처음 데려오던 날, 마티아오티아오는 깡그리 이발을 한 상태였다. 환경이 새로 바뀌면서 한 차례 이발을 더 감행한 것이 혹시 고양이 특유의 자존심에 상처를 입히지는 않았는지 모르겠다. 마티아오티아오는 기왕 이렇게 된 바에야 딱히 잃을 것도 얻을 것도 없다고 여겼는지 누구의 눈치도 보지 않고 시종일관 천방지축이었다. 기존의 질서 따위는 안중에도 없다는 듯 제멋대로 굴었으니 관푸의 원로 격인 선배 고양이들 입장에서는 눈엣가시 같은 존재였다.

제작된 다서 폭 등받이가 다리 지다무 보자에 안들

고 황제의 포효.

셀카의 여왕.

눈의 요정 마티아오티아오.

당당한 군인의 보무를 과시하는 마티아오티아오의 발걸음.

화페이페이는 신참에게는 늘 그러듯이 심드렁한 태도를 보였고 란마오마오는 구석으로 몸을 숨기기 바빴으며 황창창은 어쩌다 마주치면 못마땅한 표정으로 하악질을 해댔다. 마티아오가 박물관에 적응하기까지는 다소 시간이 걸릴 수밖에 없었다. 마티아오의 털은 자고 일어나면 덥수룩하게 자라났다. 숱이 늘어난 잔털이 마구 뒤엉키다 보니 최신 히피 스타일처럼 보였다. 가뜩이나 못마땅한데 볼썽사나운 털이 다른 고양이들 눈에 곱게 보일 리가 없었다. 하지만 박물관에서 여름과 가을, 두 계절을 보내고 난 후 마티아오는 예전의 촌스럽던 신출내기의 모습을 완전히 벗어버렸다. 이윽고 값비싼 코트를 걸치고 거드름을 피우는 귀부인 행세를 하며 온종일 박물관 내부를 활보하고 다녔다.

꽃보다 고양이.

세월의 흔적.

마티아오의 날렵한 몸매는 올림픽 무대에
선 여자 체조 선수처럼 가볍고 경쾌해
보였다. 높은 곳을 향해 뛰어오르거나
바닥에 사뿐히 뛰어내릴 때의 동작은
깃털처럼 우아하면서도 거침이 없었다.
마티아오는 제 한 몸 비집고 들어갈 수
있는 공간이라면 책상 위건 바닥이건
가리지 않았다. 출입이 제한된 전시관이나
도대체 어떻게 들어갔을까 싶은 틈새까지
아랑곳하지 않고 미꾸라지처럼 유유히
들고 났다. 그런 자신이 외부에 어떻게
비춰질지는 안중에도 없는 듯했다.
유일하게 마티아오티아오를 꼼짝 못하게
하는 것은 우유였다. 누군가 우유를
가져오면 멀리서도 총알같이 달려와서
그릇을 핥아댔다. 우유만 실컷 마실 수
있다면 낯선 사람도 경계하지 않고 졸졸
따라다녔다. 혹시 고양이가 아니라
젖소한테서 태어난 게 아닐까 의심할
정도였다. 그도 그럴 것이 마티아오는
까맣고 하얀 털이 뒤섞여서 얼핏 보면
얼룩무늬 아기 송아지처럼 보였다.

비가 내린 후 더욱 청량해진 관푸 박물관.

졸고 있는 마티아오.

관푸의 고양이들은 한 지붕 아래 모여 대가족처럼 화기애애하게 지낸다. 직원들은 고양이들을 마치 제 식구처럼 돌보고 고양이들끼리도 서로 조율해가면서 함께 성장해나간다. 사무실 의자는 고양이들의 안락한 요람이다. 호랑이 없는 굴에 토끼가 왕이 되듯이 누구든지 빈 의자를 먼저 차지하는 쪽이 임자다. 직원들 역시 원래 의자의 주인이 누구인지 시시콜콜 따지는 법이 없다. 누구나 관푸의 고양이들에게는 관대함을 베풀고 심지어 집에서 특별 간식을 따로 챙겨오기도 한다. 거드름 피우는 일을 제 몫으로 아는 고양이들일지라도 이때만큼은 전에 없던 애교를 부렸다. 인간의 눈빛과 표정을 읽어내는 최고의 실전이라 해도 과언이 아닐 것이다.

고양이는 그들 세계의 질서와 인간 세계의 질서, 그 중간쯤에 양다리를 걸친 존재들이다. 예를 들어 고양이가 쥐를 잡는 일 따위는 식은 죽 먹기다. 하지만 사람들에게 이보다 성가신 일이 또 있을까. 마티아오티아오는 비록 출신 성분이 모호한 고양이였지만 이 방면으로는 관푸의 모범이 되기에 충분했다. 그는 관푸 박물관의 신참으로서 오랜 앙숙과도 같은 불청객 쥐를 두 번이나 간단히 처치한 후로 모두에게 자신의 존재를 각인시켰다.

마티아오의 전용 식수대.

마티아오가 매일 아침 출근하는 매표창구.

나뭇가지 그림자 위의 마티아오티아오.

사무실에 홀로 남아 책을 읽고 있을 때였다. 어디선가 바스락거리는 소리가 희미하게 들려왔다. 가만히 숨을 죽이고 귀를 기울여보니 이 낯선 소리의 정체는 모두가 예상하듯 쥐가 분명했다. 당장 동료를 불러 도움을 요청했다. 한바탕 야단법석 속에서 우왕좌왕하는 사이 황갈색 쥐 한 마리가 마침내 눈앞에 모습을 드러냈다. 쥐는 두 개의 까만 눈동자를 이리저리 굴리더니 미끄러지듯 서가 아래로 재빨리 몸을 숨겼다. 순간 머릿속에 가장 먼저 떠오른 생각은 긴장감을 더욱 고조시켰다. 온갖 잡다한 소장품을 보관하는 곳으로 쥐가 기어들어간다면 더 이상 성한 물건이 남아나질 않겠구나 하는 우려였다. 보관 중인 옛 문헌이라도 쏠아서 못쓰게 만들어놓으면 대체 이를 누구에게 하소연한다는 말인가? 고작 쥐 한 마리를 잡자고 직원들을 더 불러 모아봐야 뾰족한 수도 없을 것 같고 괜스레 수선만 떨 것이 불을 보듯 뻔했다. 결국 쥐를 잡는 일이라면 역시 사람보다는 고양이가 한 수 위라는 결론에 도달한 우리는 이구동성으로 외쳤다.
"관푸 고양이 중에 누가 쥐를 제일 잘 잡더라?"

사실 관푸의 고양이들은 모두 사냥꾼 기질이 다분하다. 여름날이면 고양이들은 정원에 날아든 참새를 곧잘 잡아들이곤 한다. 내가 직접 목격한 바에 의하면 화페이페이는 풀숲에 벌렁 드러누워 자는 척을 하면서도 한쪽 눈을 가늘게 뜬 채 상공을 선회하는 참새들의 움직임을 살폈다. 조심성 없는 참새 한 마리가 화페이페이의 머리 위로 날개를 퍼덕이며 날아드는 찰나, 그는 용수철처럼 바닥을 박차고 일어나 공중으로 뛰어올랐다. 단숨에 공중으로 비약하는 장면은 보는 이의 눈을 의심케 할 지경이었다. 푸른 하늘을 주름잡던 참새는 순식간에 화페이페이의 발톱 아래 단단히 짓눌린 채 운명을 마감했다. 다만 안타까운 것은 화페이페이 역시 나이를 속일 수 없다는 것이다. 하지만 늙은 명마는 마구간에 누워도 천 리를 달리는 꿈을 꾼다고 하지 않던가. 화페이페이도 지난날의 활약을 못내 아쉬워하고 있을지 누가 알겠는가.

명대 말기 황화리목으로 만든
빗살 등받이 의자 위에 올라선 마티아오티아오.

문을 열어라. 마티아오티아오 나가신다.

황화리목으로 만든 옷걸이(좌)와 장롱(우), 옻칠 관채欺彩 기법으로 제작된 병풍(뒤) 사이에서
어디 숨을지 망설이는 마티아오티아오.

이상한 박물관 나라의 마티아오티아오.

맛있는 간식은 갖고 왔겠지? 냐옹~

신과 함께

결국 우리는 쥐 소탕 작전에 가장 젊고 날쌘 마티아오를 투입시켰다. 사무실에 들어선 그는 사방을 기웃거리며 탐색전부터 펼쳤다. 이리저리 빙글빙글 돌아다니다 여기저기 몸을 비벼대는 것이 무척이나 여유 만만한 모습이었다. 사무실 내부는 온갖 잡동사니로 발 디딜 틈이 없었기에 이 비좁은 공간에서 쉽게 쥐를 잡을 것이라고는 아무도 기대하지 않았다. 다만 고양이가 있으면 일단 쥐도 허튼짓은 못 할 거라는 안도감에 사무실 책상에 앉은 나는 시선을 책으로 향했다.

3분 정도 지났을까? 마티아오 쪽에서는 아무런 움직임도 느끼지 못했고 단말마와 같은 쥐의 비명소리조차 들린 적이 없는데 물을 마시려고 몸을 일으킨 순간 쥐는 이미 숨이 끊어진 채 바닥에 널브러져 있었다. 마티아오는 시치미를 뚝 뗀 표정으로 자신은 손가락 하나 까닥하지 않았다는 듯 죽은 쥐 앞에 앉아 있었다. 오히려 의외의 결과 앞에 내 심장이 벌렁대기 시작했다. 나는 잔뜩 상기된 목소리로 직원들을 불렀다. 곧 누군가 빗자루를 들고 나타났고 죽은 쥐를 밖으로 가져가 땅에 묻었다. 일련의 과정을 겪으며 어찌나 흥분했는지 인증 사진 한 장 남기지 못했다. 직원 한 명이 눈치 빠르게 어디선가 통조림을 한 통 가져와서 마티아오의 공로를 치하해주었다. 귀신도 놀랄 정도로 신속했던 마티아오의 제압에 모두들 손가락을 치켜세우는 와중에도 그는 우쭐해하는 기색 없이 그저 흡족한 표정을 지을 뿐이었다.

고양이와 쥐의 숙원 관계는 태초부터 시작되었다. 쥐란 존재는 혹시 인류가 고양이를 찬미하도록 만들기 위해 탄생한 것은 아닐까. 최근 반려동물로서의 위상이 드높아진 이후 고양이들은 좀처럼 쥐를 잡으려는 의지를 보이지 않는다. 변해버린 세태 속에서도 고양이의 우수한 자질을 만천하에 떨치며 제 몫을 당당히 해낸 마티아오야말로 찬사를 받아 마땅하다. 그날 이후 마티아오가 관푸의 고양이 관장으로서 자랑스러운 사표가 되었음은 말할 것도 없다

학문의 완성은 안경. 돋보기를 쓴 마티아오티아오.

유명해지려면 회장님 의자 인증 샷은 필수라고요.

송대 주희의 시 "물이 왜 이렇게 맑은가 물으니, 그 원류에서 맑은 물이 공급되기 때문이다問渠那得淸如許, 爲有源頭活水來"에서 착안한 양청서옥渠淸書屋 현판 앞에 앉은 마티아오티아오.

터프하게 눈송이를 털어내는 마티아오티아오.

마티아오의
숨 막히는 뒤태.

마티아오티아오를 위한 칠언시

조그만 얼굴에 부리부리 눈망울, 나뭇가지처럼 앙상한 몸매
뼈골 마디마디 바람에 날아갈 듯 가볍고 날렵하네.
속세의 때가 묻지 않은 천진난만한 표정에 돋보이는 미모,
영원한 동심의 세계에 사는 듯 장난기가 다분한데
어느덧 성숙한 어른의 모습으로 변해가는구나.
어디를 가든 마음이 자유로우니 가늘었던 허리 불룩해지고
살찐 화페이, 날씬한 황창창, 어여쁘디 어여쁜 란마오
호피 무늬 털을 가진 마티아오까지 합세하니 금상첨화가 따로 없네.

尖頭大眼枯柴棒, 三兩骨皮還輕飄.
懵懂無知貌楚楚, 童心未泯頑皮招.
漸成佳境体格轉, 隨遇而安粗壯腰.
花肥黃瘦藍毛錦, 再添虎妞麻小條.

팔기군 마스코트

양황기鑲黃旗 : 명明 만력 43년(1615년)에 창설된 팔기군의 하나. 황색 갑주에 붉은 테두리를 깃발의 상징색으로 삼아 양황기라 불렀다. 상삼기의 수장으로 황실의 친위부대를 책임졌다. 대표적인 인물로는 건륭제의 첫 번째 황후인 효현순황후孝賢純皇后와 함풍제의 후궁인 자희慈禧와 자안慈安 등이 있으며, 자희와 자안은 각각 서태후와 동태후로 이름이 알려져 있다.

주 병기 : 소요도小腰刀. 청대 병사들이 항상 몸에 휴대하던 검으로 병사의 신체적 특성에 따라 크기가 각각 달랐다. 검의 길이가 짧고 날이 두터워서 순패도盾牌刀라고 부르기도 했다. 제압할 수 있는 반경이 짧기 때문에 적과 싸울 때는 육탄전이 필수였다.

앙증맞은 최강 미모의 소유자.

높이 앉은 고양이가 멀리 본다.

윈뚜어뚜어가 관푸 박물관에 처음 왔을 때는 지금과 다른 이름이었다. 고양이를 입양하면 나는 관푸 고양이의 작명 계보에 따라 새 이름을 지어주는데 일종의 의식을 따른 것이다. 이번에는 박물관 전체 직원들의 아이디어를 총동원하여 새 이름 짓기에 골몰했다. 당시 공모에 나왔던 여러 이름 중에서 단박에 내 시선을 끈 것은 탐스럽다는 뜻의 뚜어뚜어朵朵였다. 그리고 구름을 뜻하는 윈云자를 성姓으로 더해 윈뚜어뚜어라고 부르기로 했다.

윈뚜어뚜어는 시 구절을 연상시킬 만큼 감성적인 이름이기도 했지만 남회색과 하얀 털이 반반씩 섞인 아름다운 외모와도 궁합이 잘 맞았다. 소리 내어 이름을 부를 때마다 파란 창공 위에 새하얀 솜털이 뭉게뭉게 떠 있는 장면이 떠올라 시짱西藏(티베트)의 민속요를 흥얼거리는 기분마저 들게 해주었다.

등받이와 팔걸이가 달린, 청대 옻칠 기법으로 만든 의자에 머리를 대고 누워 있는 윈뚜어뚜어.

저 창밖 너머에는 분명 멋진 세상이 있겠지?

윈뚜어뚜어는 새끼 고양이도 아니고 성묘도
아닌 어중간한 단계에 박물관에 입양되었다.
하지만 제 집 안방을 찾아온 듯 낯설어하는
기색이 전혀 없었다. 마치 자신이 박물관의
주인인 양 스스럼없이 행동했다. 물 만난
물고기처럼 박물관 구석구석을 휘젓고
다니는 모습이 개구쟁이 소년 같았지만
사실은 암컷 고양이였다. 만약 윈뚜어뚜어가
새끼를 낳으면 자신에게 두 마리만 달라며
미리 신신당부를 해오는 사람이 있는데,
그럴 때면 입술을 삐죽 내미는 것이 내
대답의 전부다. 떡 줄 놈은 생각도 않는데
김칫국부터 마신다고 이 문제는 전적으로
고양이 소관이지 내가 가타부타 할 일이
아니지 않은가.

어느새 관푸 박물관은 고양이 대가족을
이루게 되었다. 황창창과 마티아오가 서로
보기만 하면 할퀴려 드는 것만 제외하면
대부분 사이좋게 지내는 편이다.

윈뚜어뚜어는 누구에게나 사근사근하게
대했으며 매일 아침이면 사무실로 출근했다.
직원 휴게 공간에 놓인 유리로 된 원탁
테이블 위에 벌러덩 드러누운 윈뚜어뚜어는
그 공간을 혼자 독차지하기를 즐겼고 사무실
문이 열릴 때마다 드나드는 사람들을
물끄러미 관찰하기도 했다.

아홉 번 죽었다 태어나도 인간은 이런 자세로는 잠들지 못하지.

캣워크의 전형을 보여주는 숙녀의 런웨이.

이 정도 각도는 나와야 최고의 프로필.

계절은 여름에서 다시 가을로 변해갔고 이러한 절기의 변화를 감상하는 동안 윈뚜어뚜어는 놀라운 속도로 성장했다. 눈 깜짝할 사이에 누구라도 한눈에 반할 만큼 아름답고 성숙한 아가씨 고양이로 변신한 것이다.

시간이 지날수록 윈뚜어뚜어의 행동은 더욱 대담해져서 혼자 정원에 나가 장난을 치기도 했다. 눈에 보이는 모든 사물마다 왕성한 호기심을 보였기에 뜰에 뒹구는 낙엽 한 장도 그냥 지나치지 못했다. 바람에 구르는 낙엽을 쫓아 와락 달려들었다가 뒷걸음질 치기를 반복하며 혼자 노는 즐거움의 극치를 몸소 보여주기도 했다.

누구냐 너는? 무엇에 쓰는 물건인고.

쌍둥이 마네키네코(복을 부르는 고양이).

그러나 하루가 다르게 완연한 성묘의 징후를 보이는 윈뚜어뚜어를 볼 때마다 나의 마음은 점점 무거워졌다. 추운 겨울이 지나 봄이 오면 윈뚜어뚜어 역시 자연의 이치를 깨닫게 될 것이다. 조만간 이성 친구가 필요한 시기가 닥쳐올 것이고 그리되면 갑자기 사납게 반항하는 것은 물론 밤이면 밖으로 뛰쳐나가 며칠이고 모습을 보이지 않는 날이 오고야 말 것이다. 세상사 자연스러운 섭리를 따르는 것이니 미리 예방하고 단속한다는 것도 부질없는 일이다. 윈뚜어뚜어 역시 성장 과정의 필연적 단계에서 그 누가 방해한들 본능적인 유혹을 뿌리칠 수 없다. 차라리 모든 것을 자연의 섭리에 맡긴 채 윈뚜어뚜어 스스로 본능에 충실한 삶을 살도록 내버려두는 것이 도리가 아닐는지.

고개를 빼고 기쁜 소식을 기다리는 왼뚜어뚜어.

최근 나는 고양이 관련 서적을 한 권
구입했다. 내용 자체가 꽤 전문성을 갖춘
데다 흥미롭게 술술 읽혔다. 동물에 관해서
나름 일가견이 있다고 자부하는 내가 봐도
꽤 인상적이었다.

고양이는 개와 더불어 인류와는 떼려야
뗄 수 없는 존재로 반려동물의 유구한
역사를 이어오고 있다. 그런데 10세기경,
고양이에 대한 유럽인들의 저주가
시작되었다. 그 후 고양이를 마녀와
한통속으로 엮어 대학살을 시도하는 등,
근 1세기 동안이나 터무니없는 악행을
멈추지 않았다고 하니 상상만으로도
몸서리를 치게 된다.

고양이는 가엾게도 700년 이상 지속된 중세 유럽의 희생양이 되었다. 악마의 제물로 바쳐진 고양이들은 산 채로 화형에 처해지기도 했으니 인류의 친근한 반려동물이라는 수식어가 무색할 지경이다. 이러한 터무니없는 미신은 결국 중세 유럽 전역을 쥐로 들끓게 했고 쥐의 창궐은 페스트라는 무시무시한 전염병의 광범위한 전파를 초래했다. 그러나 당시 유럽인들은 고양이와의 불협화음이 가져올 재앙에 대해 전혀 인식하지 못했다. 설사 누군가 이러한 무서운 결과를 예측했다고 해도 그 폐해가 이토록 가혹하리라고는 꿈에도 생각지 못했을 것이다.

사람들은 인류가 만물의 영장이라고 말한다. 그런데 그 만물의 영장이 지구상의 다른 종種 앞에서 자신들의 나약함을 들키지 않으려고 때론 악랄한 짓을 꾸민다. 이것이 과거 패권주의자들의 용렬한 악행과 무엇이 다르단 말인가.

거울아, 거울아. 이 세상에서 제일 예쁜 고양이는 누구지?

고양이 특유의 요가 자세.

홍루몽과 윈뚜어뚜어.

문득 소학교 시절의 기억이 떠올랐다. 아이들끼리 무리를 지어 몰려다니다 장난삼아 높은 버드나무 가지 위에 어린 길고양이를 잡아다 올려놓은 적이 있었다. 두려움에 떠는 새끼 고양이가 내는 애처로운 울음소리가 아직도 귀에 생생하다. 또 다른 기억은 대나무 가지를 꺾어 만든 장난감 활로 작고 연약한 동물을 대상으로 사냥 놀이를 했던 일이다. 사냥 놀이가 끝나면 고래고래 목청을 높여가며 장송곡을 불러대기도 했다. 비록 몸도 마음도 미성숙한 철부지들이라지만 철없던 유년 시절의 추억이라 하기에는 중세 암흑기에 버금가는 어리석은 행동이 아닐 수 없다.

이 책을 읽는 내내 어린 시절 무심코 저질렀던 내 무지몽매한 행동이 떠올라 깊이 뉘우치지 않을 수 없었다. 인류는 자신들의 이익을 위해 길고양이를 잡아다가 집고양이로 길들였다. 이렇게 가축화된 고양이는 인류의 수고를 덜기 위해 대신 쥐를 잡아주었다. 그리고 오늘날 귀여운 외모로 명실상부 인류 최강의 반려동물이 되어 애묘인들의 애정을 독차지하고 있다. 인류 문명의 기원은 고양이를 집에서 기르기 시작한 시기와 엇비슷하다. 기껏 해봐야 5000년도 채 되지 않는다. 우리는 과연 현존하는 문명의 진짜 주인일까?

마자르 족 혈통의 왼뚜어뚜어.

원뚜어뚜어를 위한 칠언시

상서로운 구름이 뭉게뭉게 하나로 모여드니,
눈부시게 기쁜 나날 속에 마음은 한없이 화평하네.
세심하게 다듬은 백옥 같은 자태는 투명한 호수와 같고
예쁘게 단장한 얼굴은 활짝 핀 꽃송이요 고운 목소리는 노래에 버금가네.
천진난만한 장난기, 놀란 토끼에 비할까마는,
구김살 없이 솔직한 그 모습, 타고난 미모를 뛰어넘네.
아름다운 경치를 감상하며 더불어 걷는 인생길,
푸른 청춘을 길동무 삼으니 이 얼마나 행복한가.

祥云朵朵身缘聚, 吉日英英心氣和.
細理素衫抬玉手, 桃花點染韻如歌.
天眞爛漫比脫兔, 落落大方勝嬌娥.
一路湖光山色好, 青春做伴福樂多.

제7장

함께 더불어 살아가는 우리

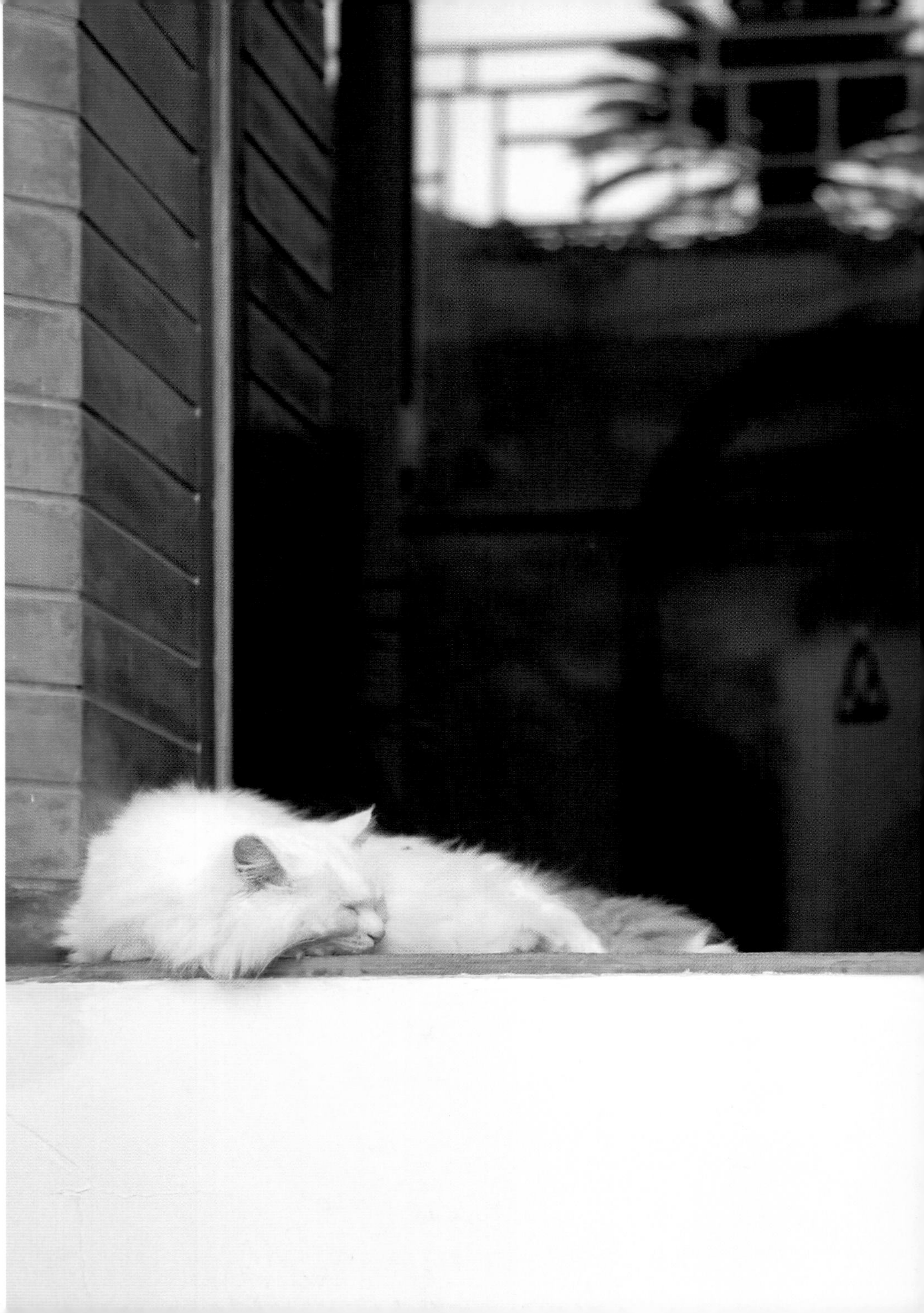

평화롭고 아름다운 시절.

지금은 회의 중.

뚜어뚜어와의 진솔한 대화.

나뭇가지 위에 새라도 있니?

입맞춤

이제 그만 나한테 자리 좀 양보하시지…

비밀스러운 대화.

책 보는데 방해하지 말아줘.

고양이 관장들의 별자리

화페이페이

황소자리 – 보수적인 기질이 뚜렷하다.
황소자리 중에는 안정을 추구하고 변화를
거부하는 현실주의자들이 많다. 재부의
상징이기도 하다.

화페이페이는 관푸 박물관의 원조 고양이
관장이다. 배가 고프면 아무도 거절할 수
없는 간절한 눈빛으로 바라본다. 박물관
입구를 지키고 앉아서 찾아오는 손님들을
맞이하는 일을 가장 좋아한다. 물론 여기에는
일종의 통행세 명목으로 간식을 얻어먹기
바라는 화페이페이의 사심이 듬뿍 담겨
있지만, 안타깝게도 그의 간절한 바람을
알아주는 이가 드물다.

가장 좋아하는 일 – 관푸 박물관을 찾아오신
손님 여러분, 혹시 맛있는 고양이 간식을
가져왔나요?

헤이파오파오

사수자리 − 팽팽하게 당겨놓은 활처럼 언제 어디로 튈지 모른다. 언제 어디서나 나서기를 좋아하고 주동적으로 행동하는 것을 즐긴다. 낙천적이고 성실한 면도 있으며 열정과 도전 정신이 강하다.

관푸 고양이들의 사표로서 다른 고양이를 기꺼이 돕고자 하는 의협심이 강하다. 강직하고 정의로운 성격 탓에 불의를 보면 참지 못한다. 특히 황창창을 향한 변치 않는 뜨거운 순정은 모든 이를 감동시킨다. 황창창에게 난감한 상황이 닥치면 가장 먼저 달려온다. 항상 행동으로 묵묵히 보여줄 뿐 공치사나 보답을 바라는 소영웅주의와는 거리가 멀다.

가장 좋아하는 일 − 애정이 듬뿍 담긴 그윽한 눈빛으로 황창창의 주변을 맴돌며 듬직한 보디가드를 자처하는 일.

황창창

물병자리 – 창의적 기질은 물병자리의 가장 큰 특징이다. 유행을 따르지 않으며 독자적인 삶의 방식을 추구한다. 다정다감한 반면에 개인적인 프라이버시를 매우 중시하는 경향이 있다.

황창창은 몸통은 하얗고 까만 꼬리털을 가진 고양이를 총칭하는 '설리타창'에서 이름을 착안했다. 백설처럼 하얀 털에 꼬리 부분의 털만 황금빛이라 설원 위에 황금처럼 예쁜 고양이다.
일반적으로 미녀들이 그러하듯 황창창은 아름다운 외모와 어울리는 고운 음성을 지녔다. 음식은 까다롭게 가리는 편이지만 다른 고양이와 먹이를 다투는 법이 없다. 취미는 박물관 안을 혼자 어슬렁거리며 배회하기. 자주 만나는 사람보다는 낯선 방문객을 더 잘 따른다. 스스로 고안한 요가 자세를 통해 늘 몸매를 가꾼다.

가장 좋아하는 일 – 미남, 미녀 옆에 바짝 붙어 졸졸 따라다니기.

란마오마오

염소자리 – 유난히 조심성이 많고 다정다감한 기질의 소유자. 매사 책임감이 강하고 근면 성실한 편이다. 과도한 책임감으로 스스로 심리적 불안을 초래하고 타인을 전적으로 신뢰하지 못한다는 단점이 있다.

란마오마오는 풍만한 몸매에도 불구하고 행동이 매우 민첩하다. 조용하고 부끄러움을 잘 타는 편이다. 전형적인 선비의 기질을 지녔고 이상에 대한 기대와 갈망의 심리가 내재되어 있다. 수많은 책들로 둘러싸인 박물관 안에서만 지내다 보니 자주 낮잠을 잔다. 졸음이 쏟아지면 서가의 아무 데나 누워 실눈을 가늘게 뜬 채 잠이 든다. 모험이나 탐험을 좋아하지 않으므로 서가 주위를 배회하는 것을 제외하면 되도록 외출을 기피한다.

가장 좋아하는 일 – 서가의 책꽂이에 숨어서 고로롱고로롱 숨소리 내며 낮잠 자기.

마티아오티아오

쌍둥이자리 – 두뇌 회전이 빠르고 영민한
편이다. 하지만 일만 벌이고 뒤처리를 못하는
경우가 종종 있다. 머릿속에는 항상 새로운
아이디어가 샘솟고 호기심이 무척 강한 탓에
엉뚱한 짓을 벌이기 좋아한다.

온몸을 뒤덮고 있는 아름다운 호랑이 털
무늬가 영국산 단모종이라는 사실을 단적으로
말해준다. 마티아오티아오는 좀처럼 사람을
경계하지 않는다. 낯선 장소에 데려다 놓아도
위축되는 법이 없다. 미지의 세계를 동경한
나머지 박물관을 가출했던 전력이 있다.
바깥세상의 거친 길고양이들과 접촉하기를
두려워하지 않을 만큼 왕성한 호기심의
소유자다. 평소에도 장난치기를 즐기며
맛있는 간식이라면 사족을 못 쓰고 달려든다.
입맛이 까다로운 편은 아니라서 사람이 먹는
음식이라면 무엇이든 가리지 않고 먹는다.

가장 좋아하는 일 – 묘생猫生 사전에는 오로지
두 단어밖에 없다. 먹기와 놀기!

윈뚜어뚜어

물고기자리 – 천진난만한 성품이지만 다소 신경질적인 기질도 엿보인다. 환상과 낭만을 추구하고 예술가적 성향이 다분하다. 주변에서 남들이 뭐라고 하건 자신만의 방식을 고집하며 독립심도 매우 강하다.

윈뚜어뚜어는 이름에서 연상되는 시적인 이미지만큼이나 예쁜 외모의 소유자다. 누구라도 윈뚜어뚜어를 보면 시심詩心이 발동하게 된다. 우아하고 조신하며 태연자약하게 행동한다. 예술가처럼 생긴 외모답게 입맛이 까다로워 아무 음식이나 입에 대지 않는다. 간식이나 사료에 대한 나름의 미각 기준을 고집한다. 하기야 이처럼 예쁜 미모를 가진 고양이라면 어찌 까탈을 부리지 않을 수 있을까?

가장 좋아하는 일 – 커다란 원탁 위에 엎드려서 깊은 공상에 잠기기, 낙엽 지는 장면을 감상하기 좋아하고 세상의 모든 아름다운 것들을 사랑한다.

돌로 만든 고양이 형상의 문진, 청대,
관푸 박물관.

발문

《관푸의 고양이观复描》* 출간을 앞두고 출판사로부터 책 표지에 쓸
제명題名을 직접 써보면 어떻겠느냐는 요청을 받았다. 한참을 주저하던
나는 마지못해 수락 의사를 표했다. 그도 그럴 것이 어린 시절 이후로
붓을 잡아본 기억이 전혀 없기도 하거니와 남들에게 자랑할 만한 서체도
아니기에 혹시나 책 표지를 망치지나 않을까 하는 우려 때문이었다.
고민 끝에 결국 왼손으로 서체 연습을 하기 시작했다. 여러 차례 시도해본
결과 왼손으로 붓글씨를 쓰는 일에 제법 익숙해져갔다. 하지만 난생처음
제명에 도전한 소회를 말하라면 솔직히 난감하기 이를 데 없다. 관푸의
고양이를 사랑하는 독자 여러분의 부디 너른 혜량이 있기를 당부할 뿐이다.

마웨이두

....

* 《박물관의 고양이》의 중국판 원제.

박물관 관장 집사와 여섯 고양이들의 묘생냥담

박물관의 고양이

초판 1쇄 인쇄 2018년 9월 6일 초판 1쇄 발행 2018년 9월 14일

지은이 마웨이두
옮긴이 임지영

펴낸이 연준혁
출판9분사분사장 김정희
편집 김경은
디자인 조은덕

펴낸곳 (주)위즈덤하우스 미디어그룹 출판등록 2000년 5월 23일 제13-1071호
주소 (410-380) 경기도 고양시 일산동구 정발산로 43-20 센트럴프라자 6층
전화 031)936-4000 팩스 031)903-3893 홈페이지 www.wisdomhouse.co.kr

값 15,000원 ISBN 979-11-6220-700-0 03820

이 도서의 국립중앙도서관 출판시도서목록(CIP)은 서지정보유통지원시스템 홈페이지(http://seoji.nl.go.kr)와 국가자료공동목록
시스템(http://www.nl.go.kr/kolisnet)에서 이용하실 수 있습니다.(CIP제어번호: CIP2018023641)